HoORRoR

Libro da colorare per adulti

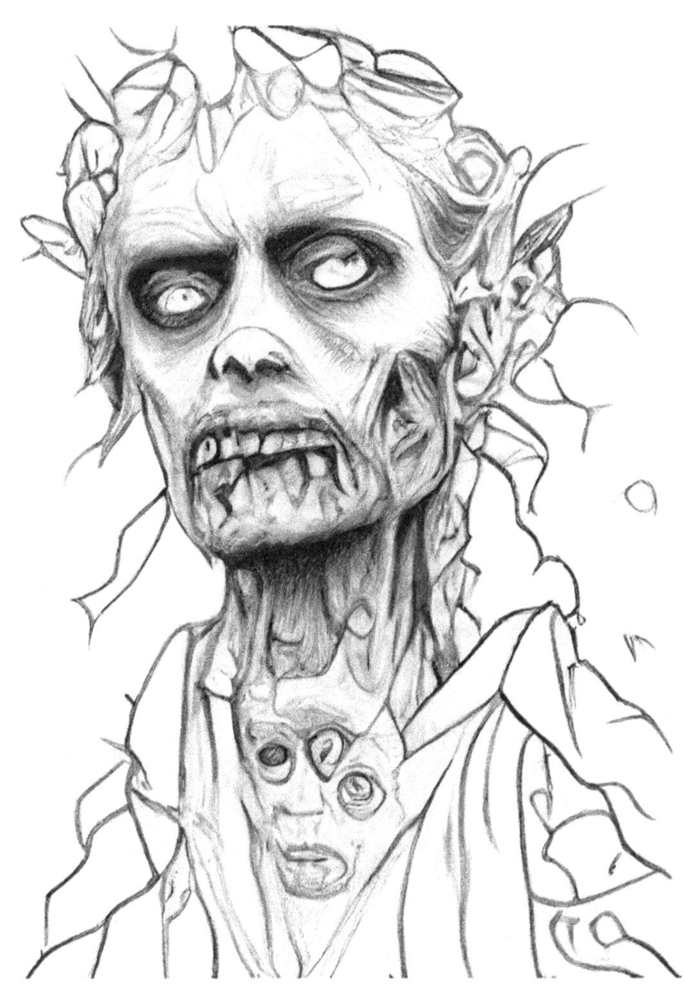

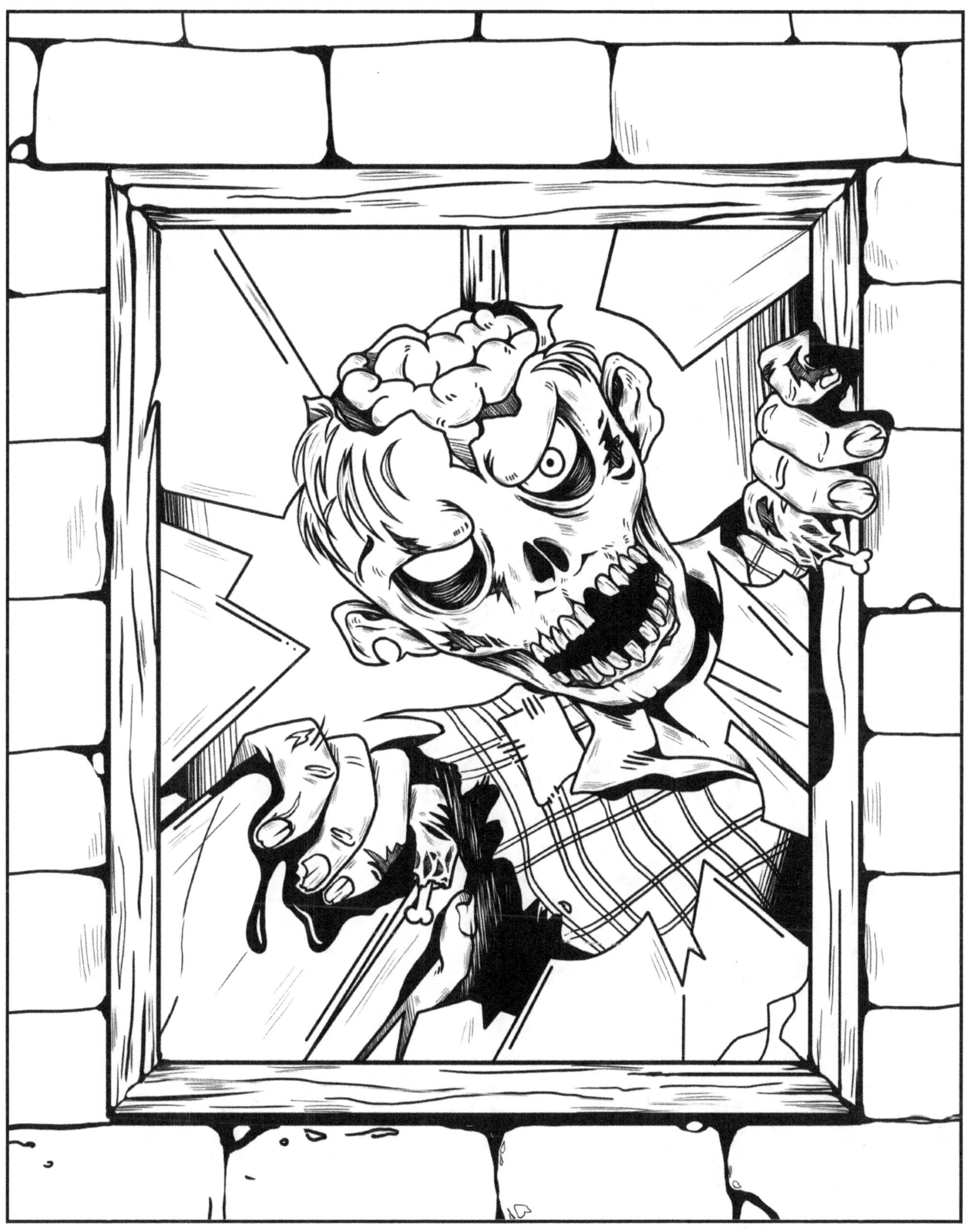

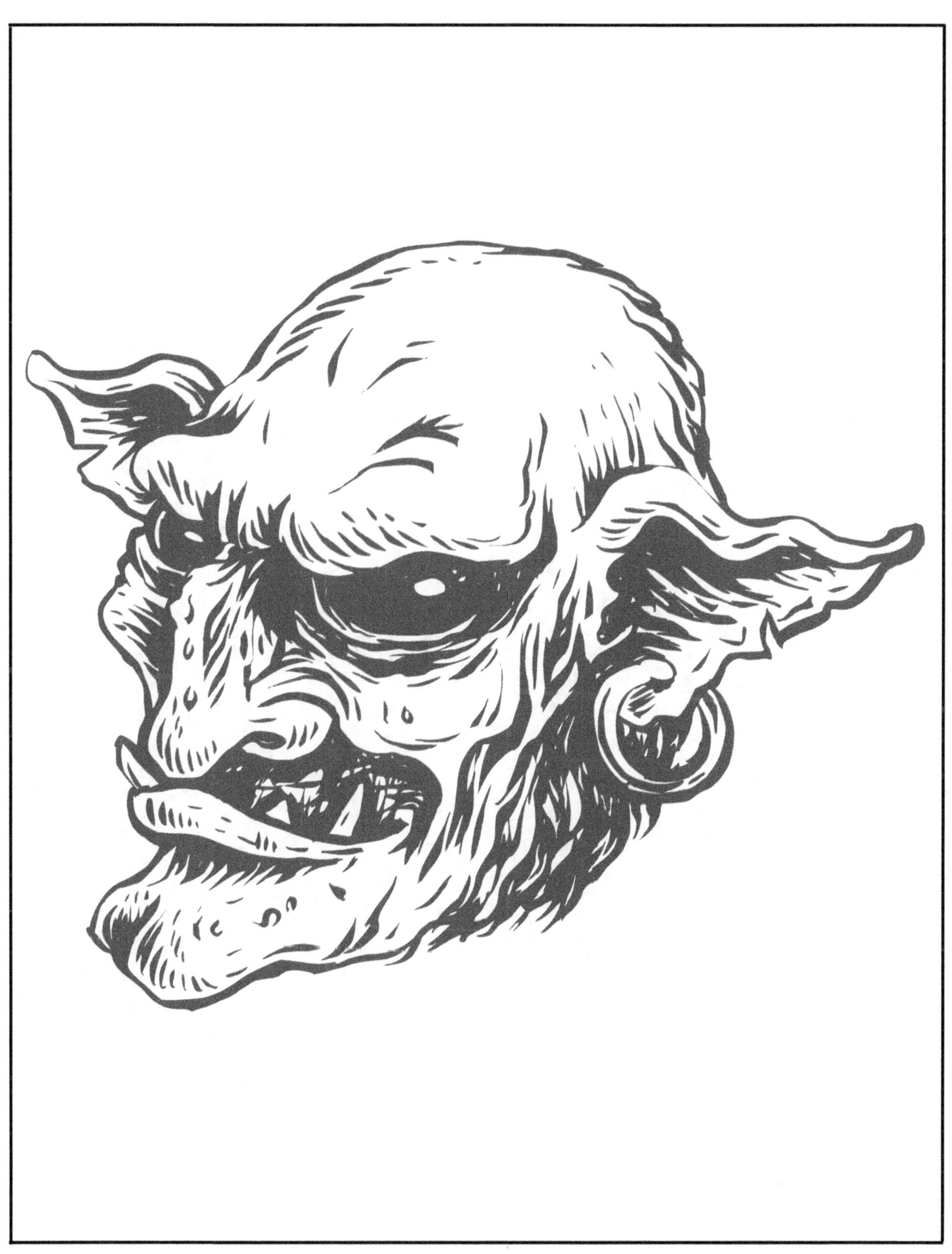

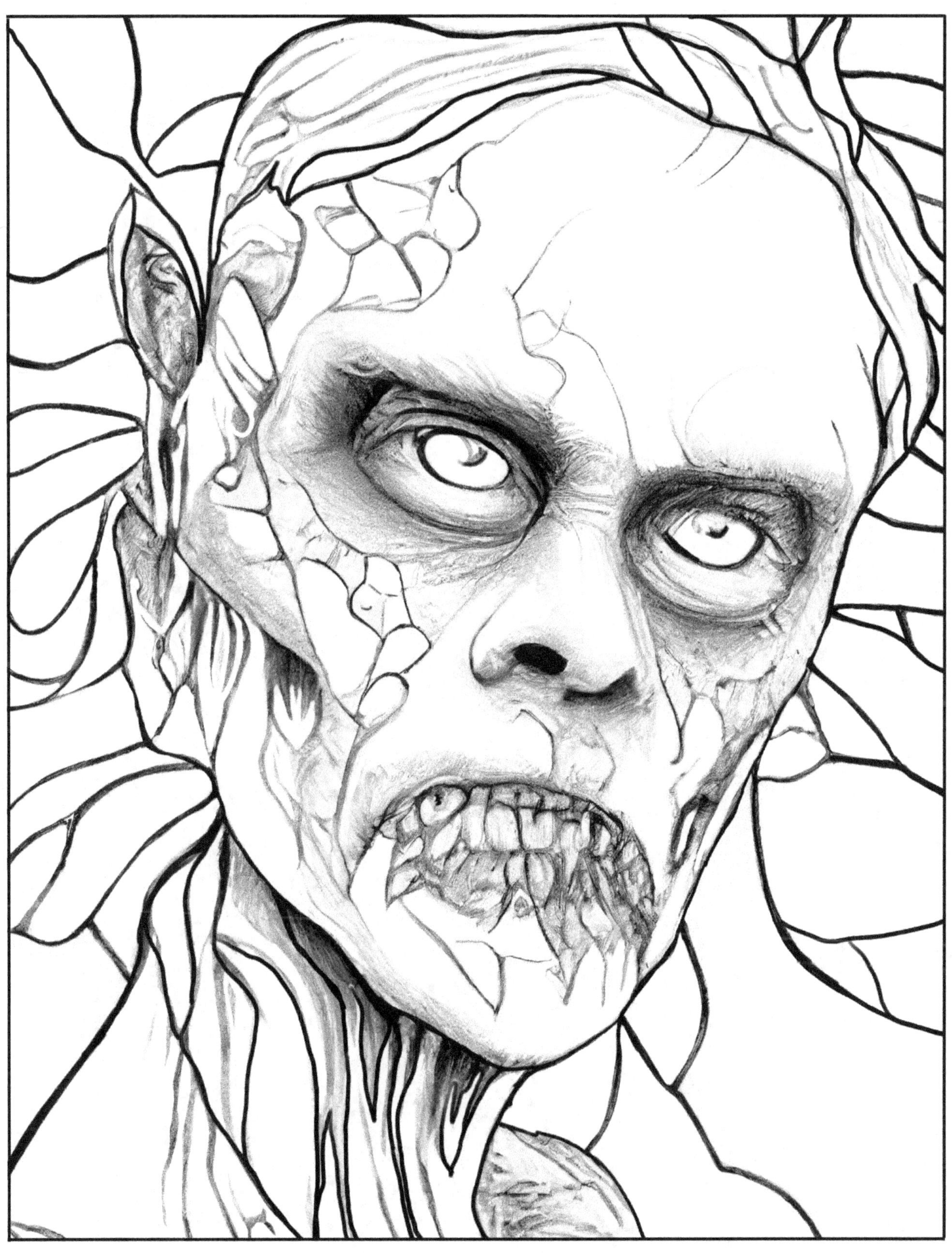

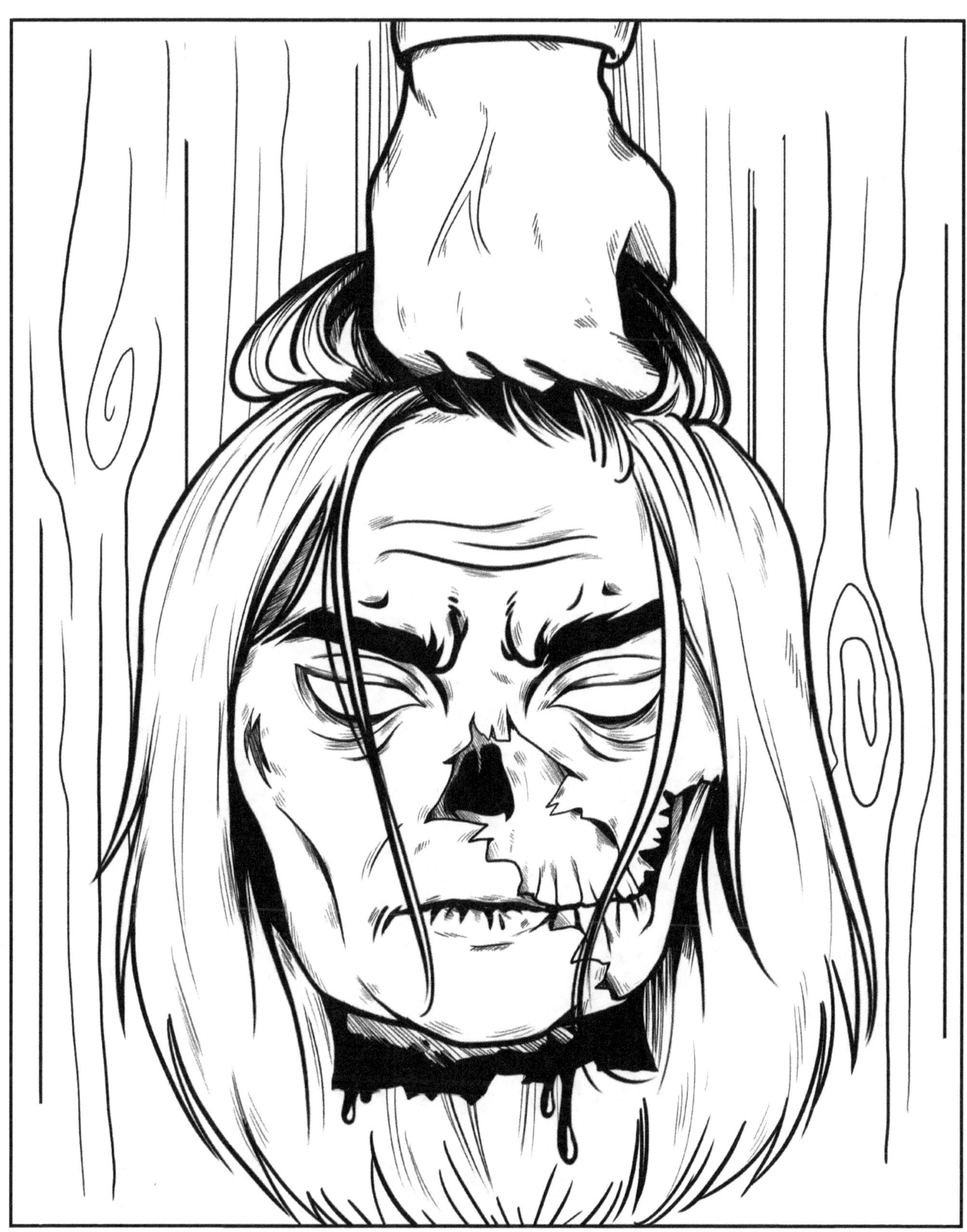

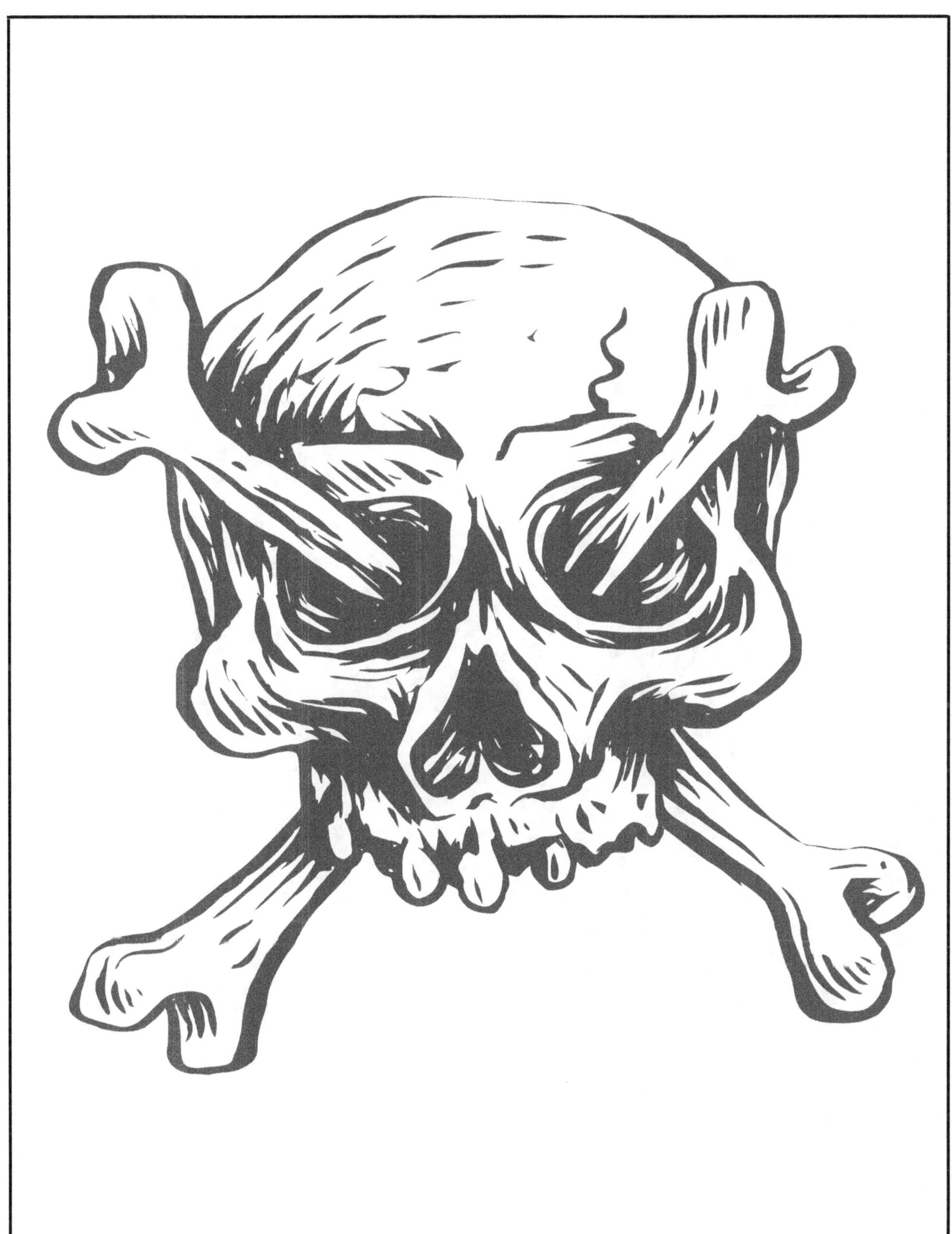

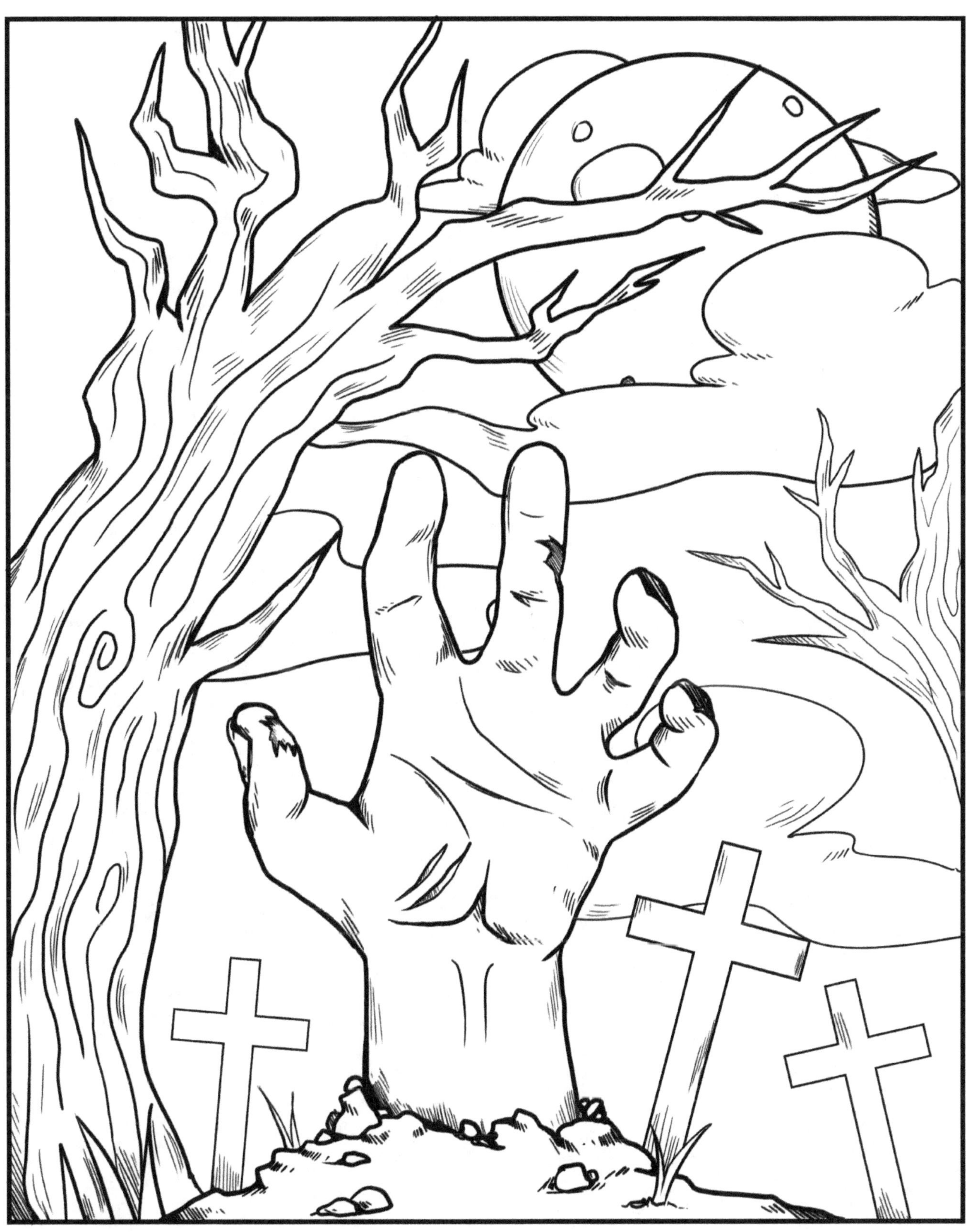

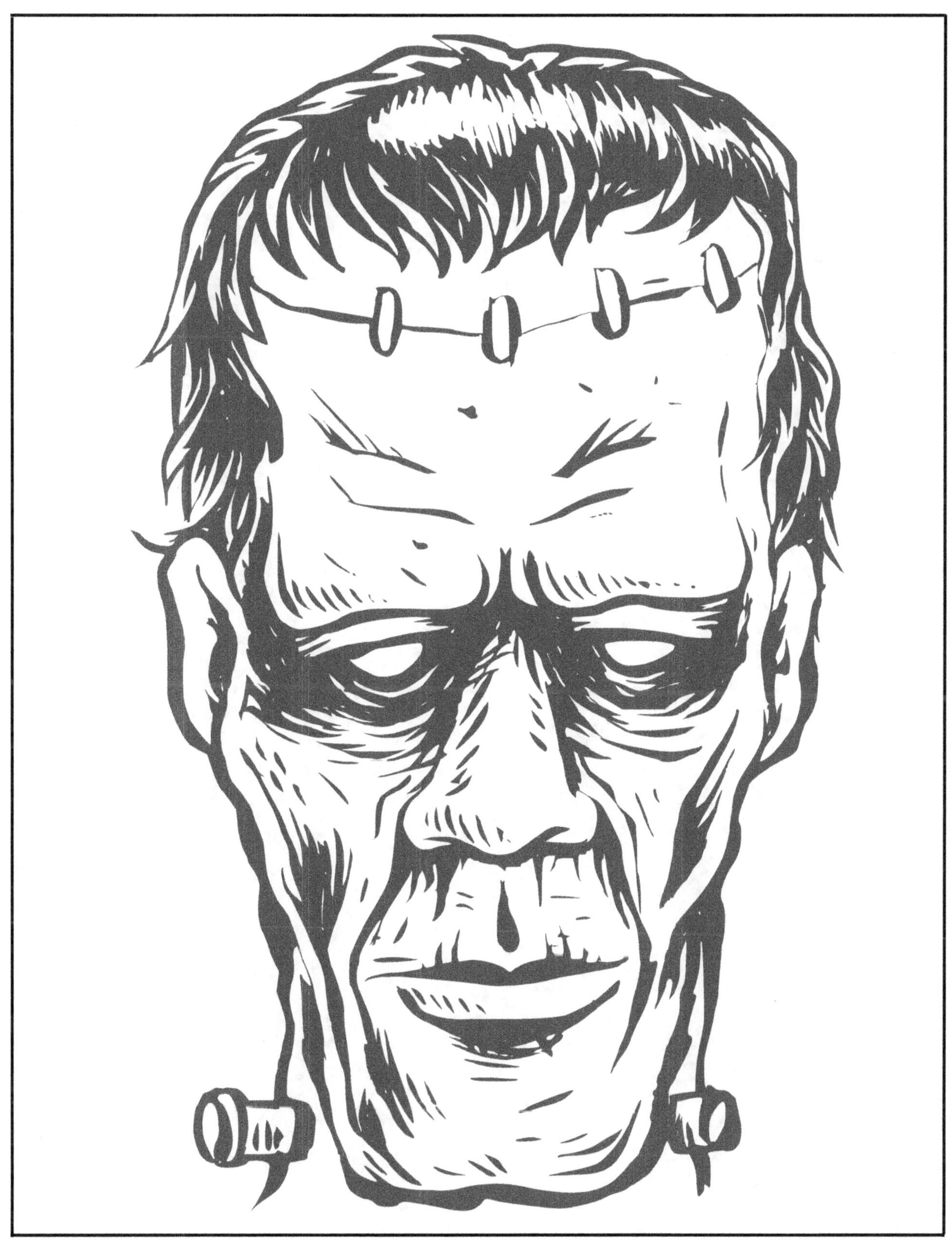

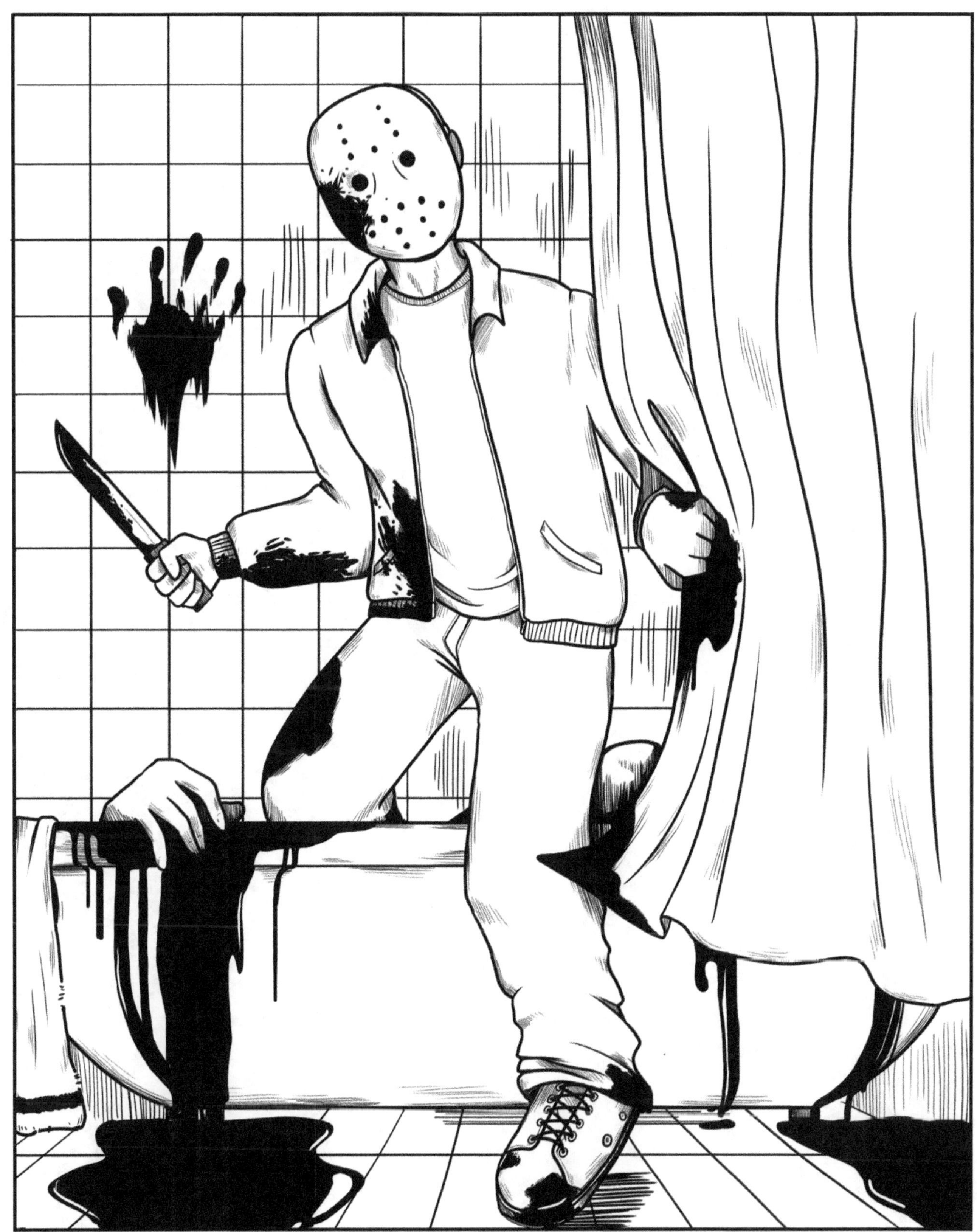

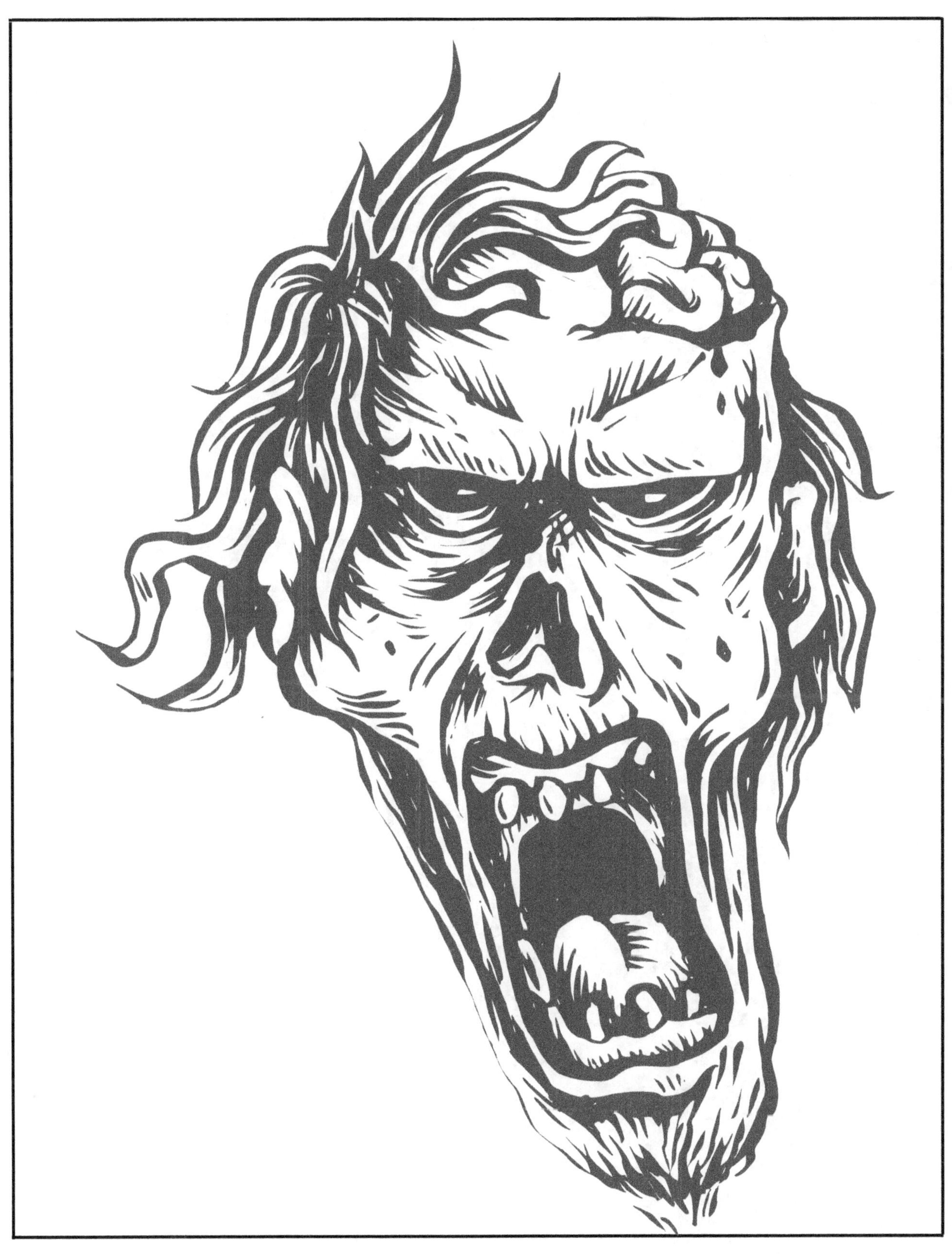

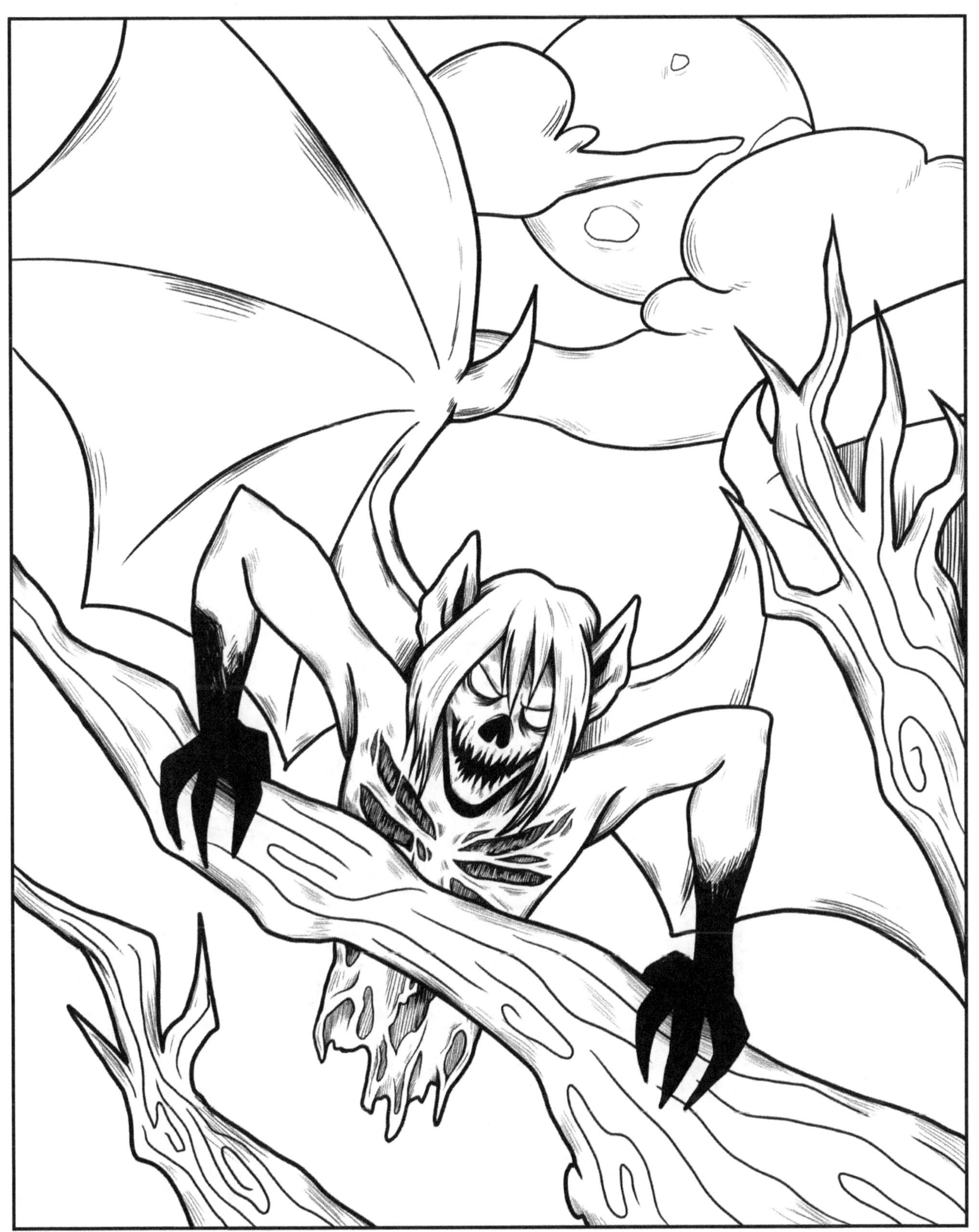

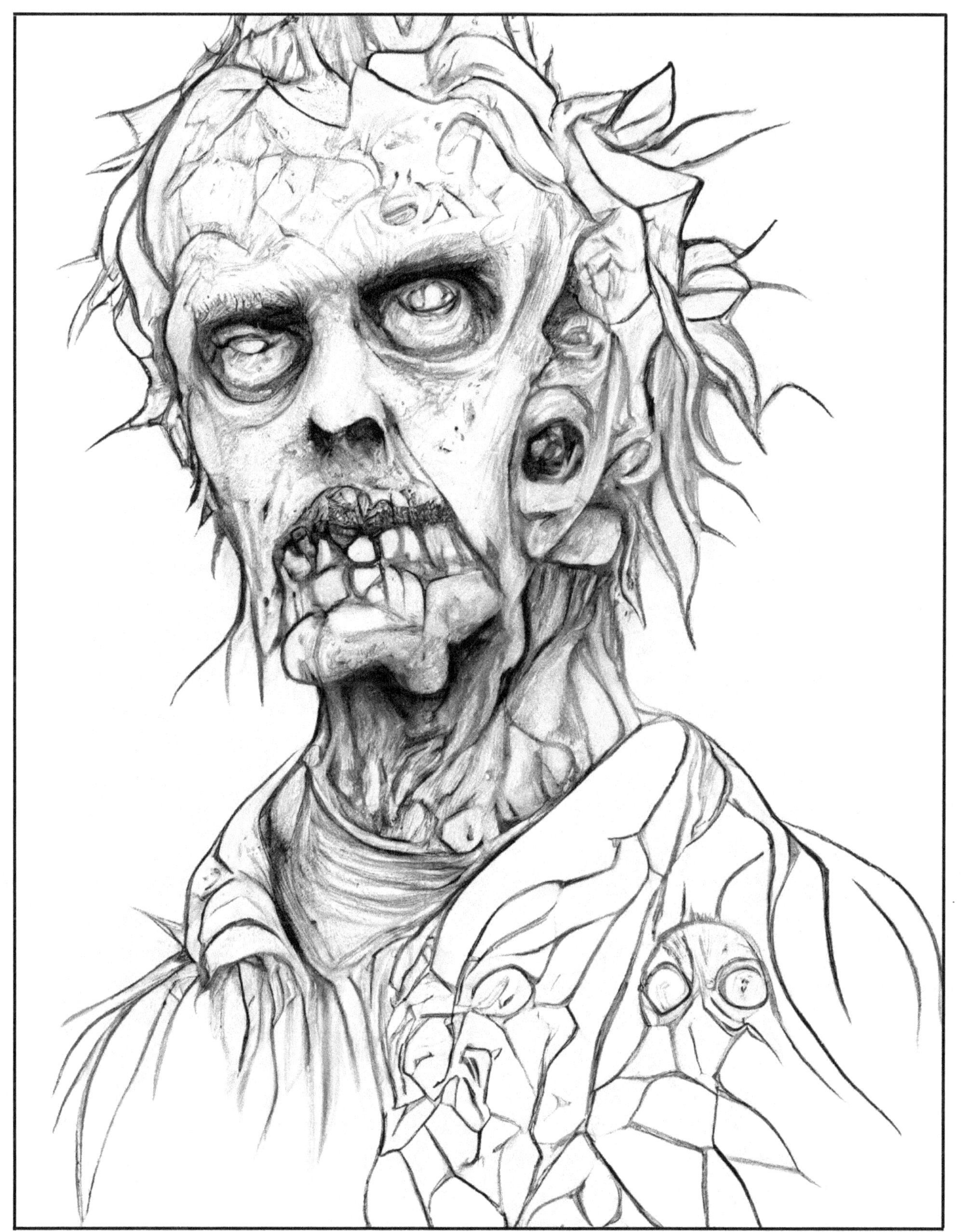

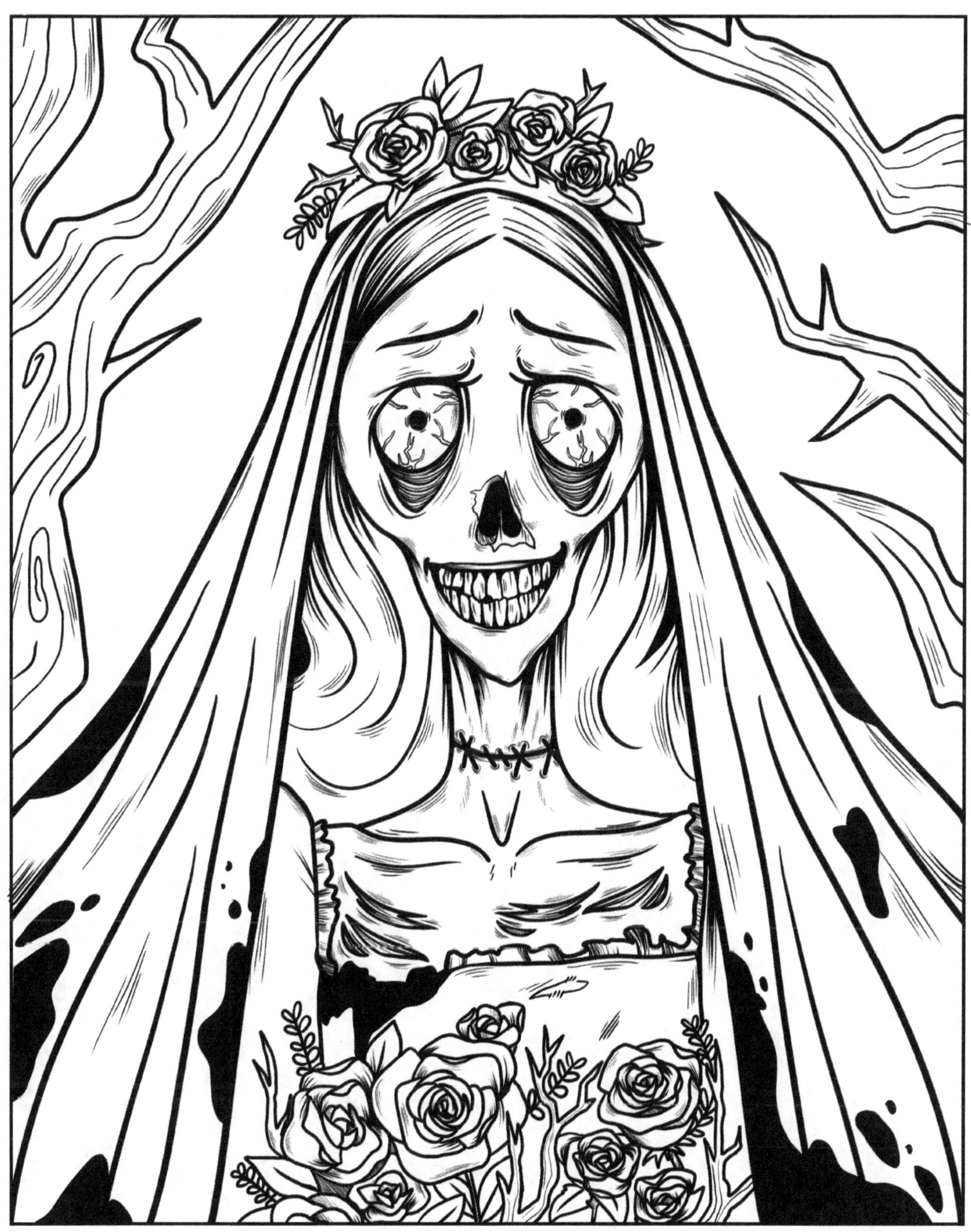

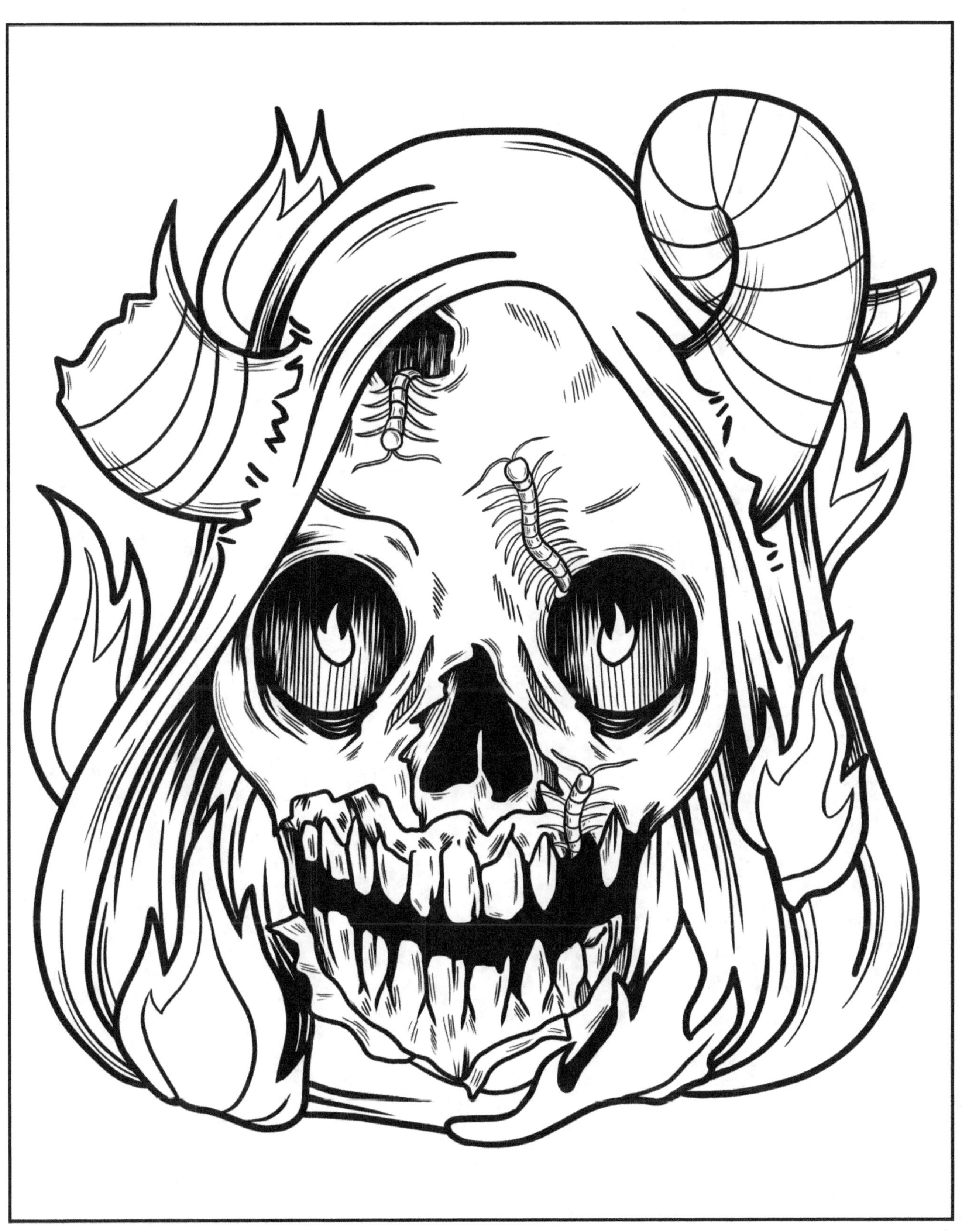

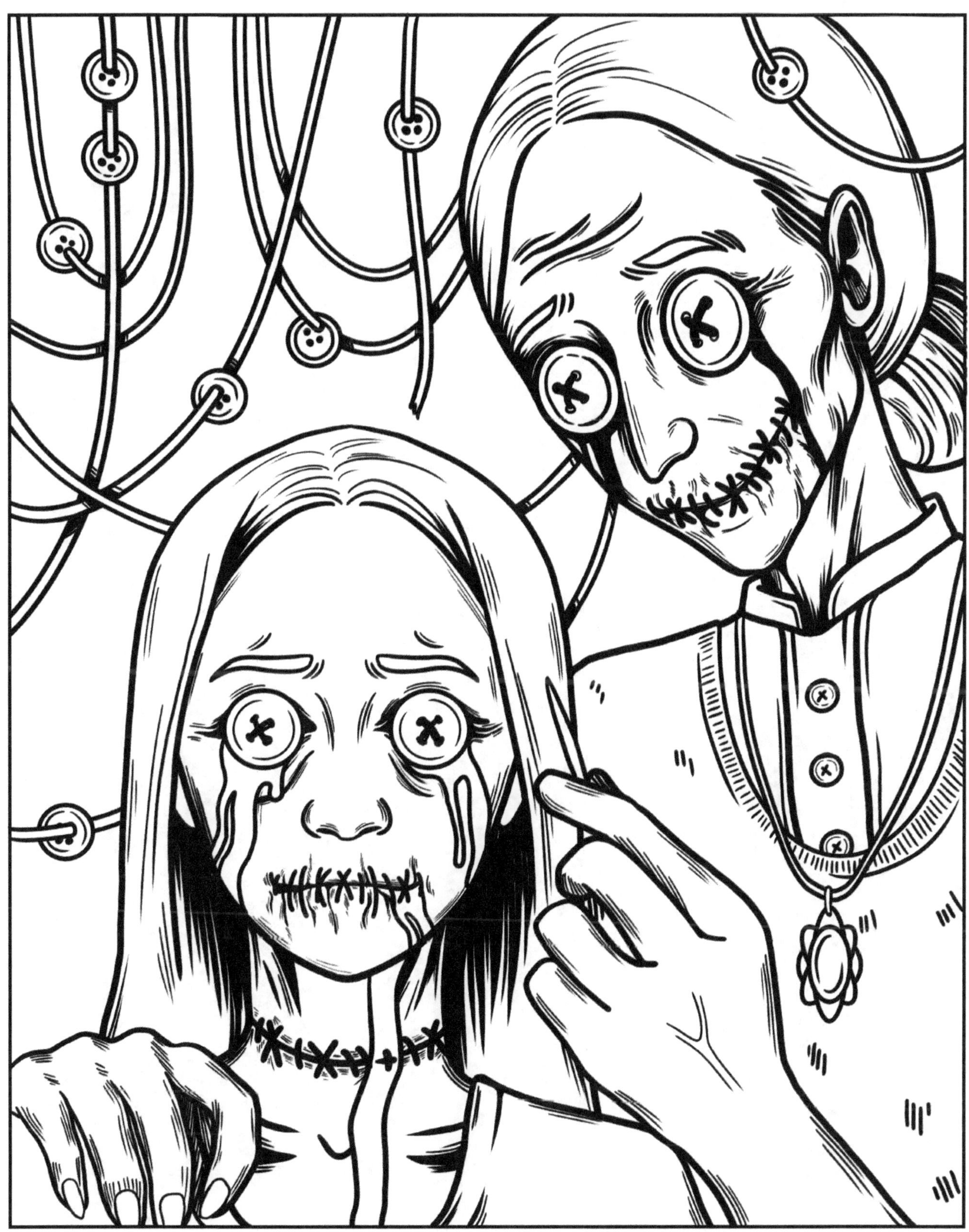

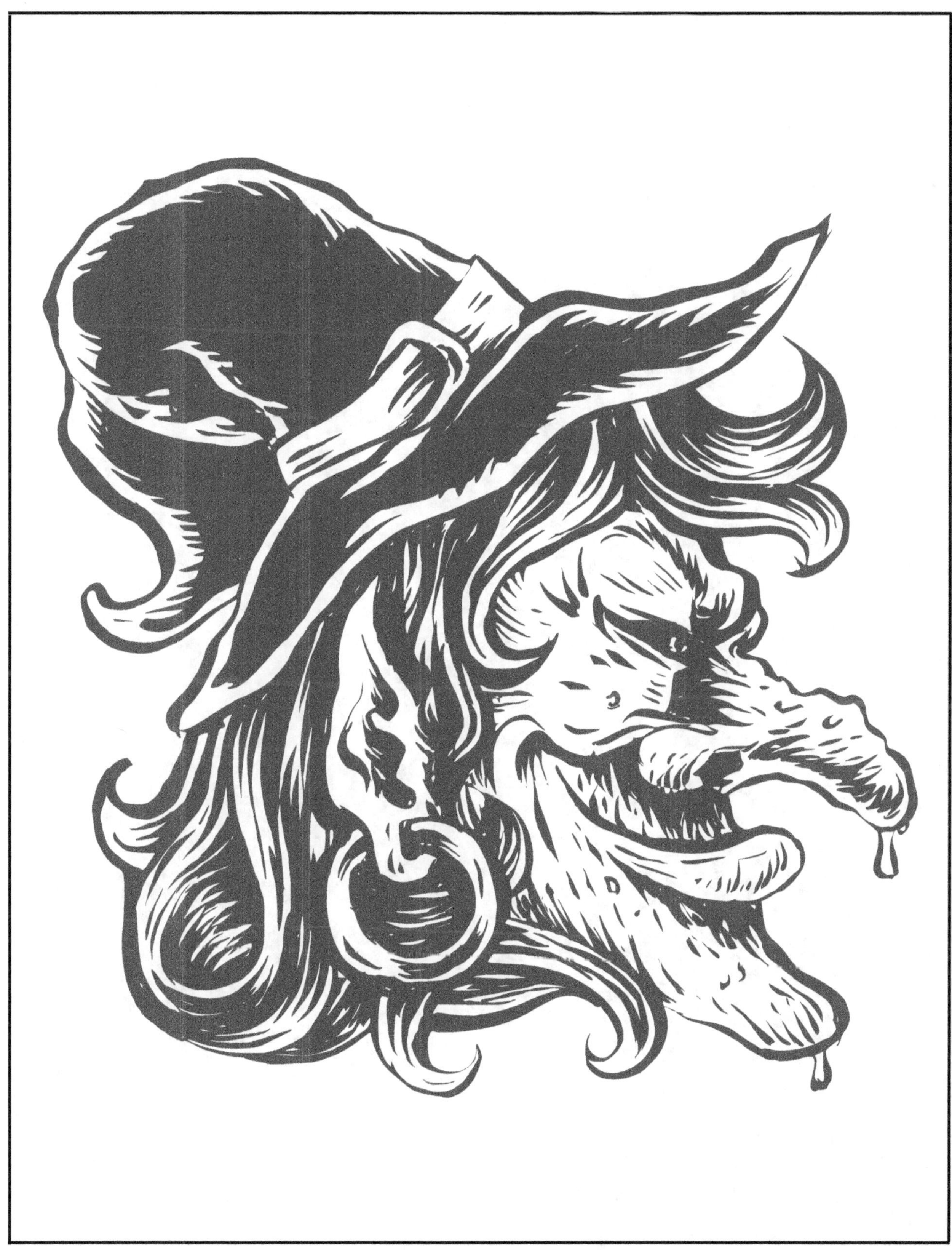

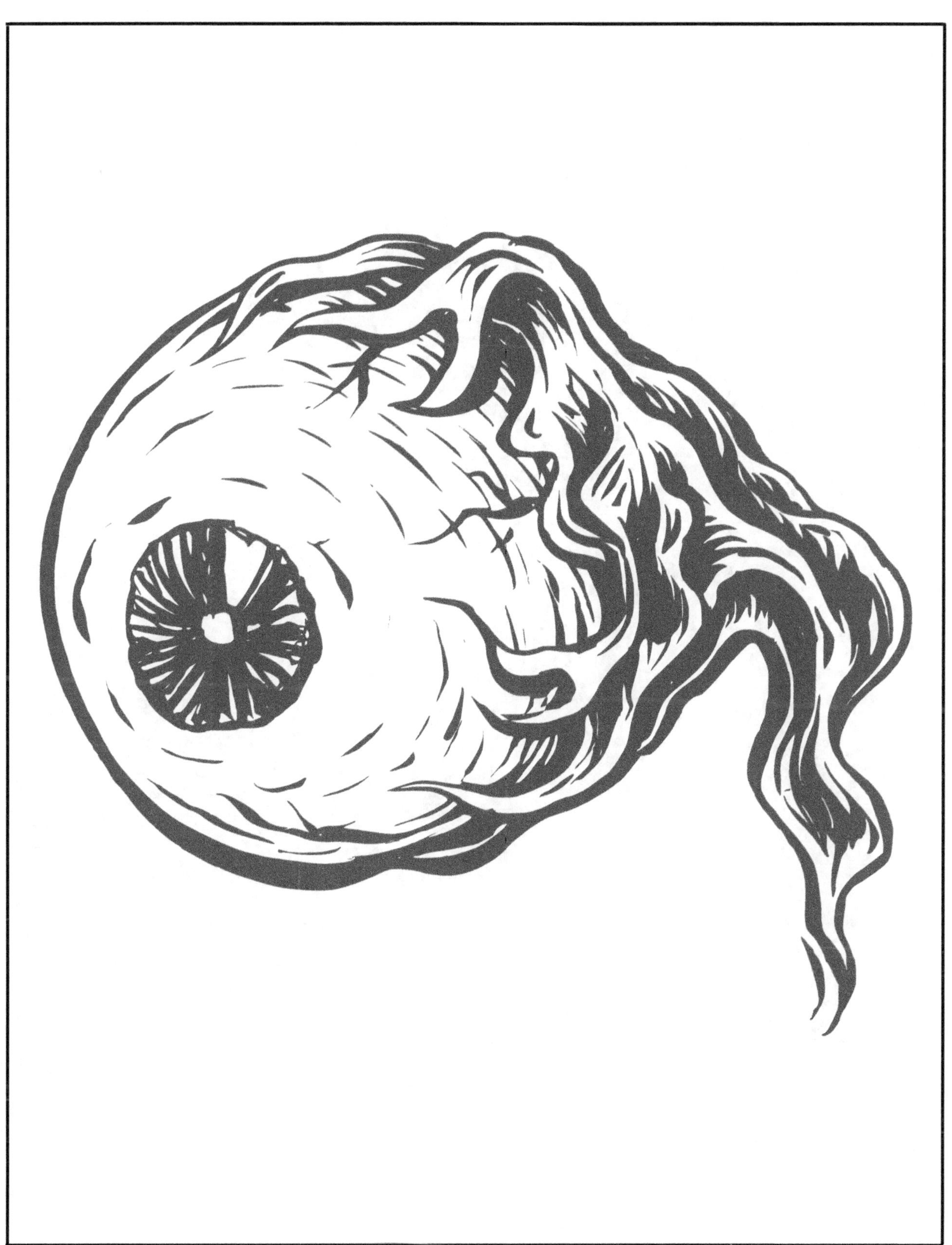

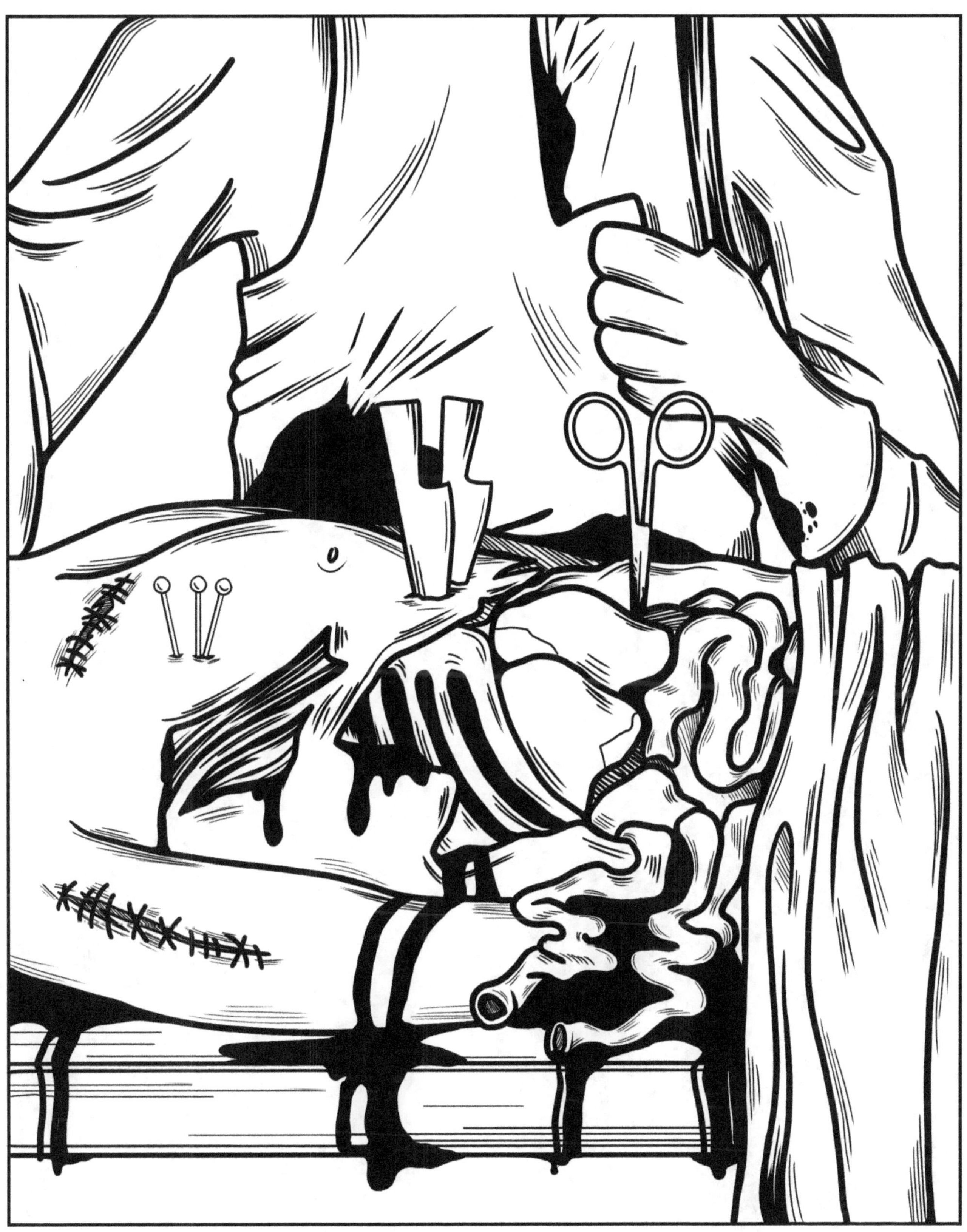

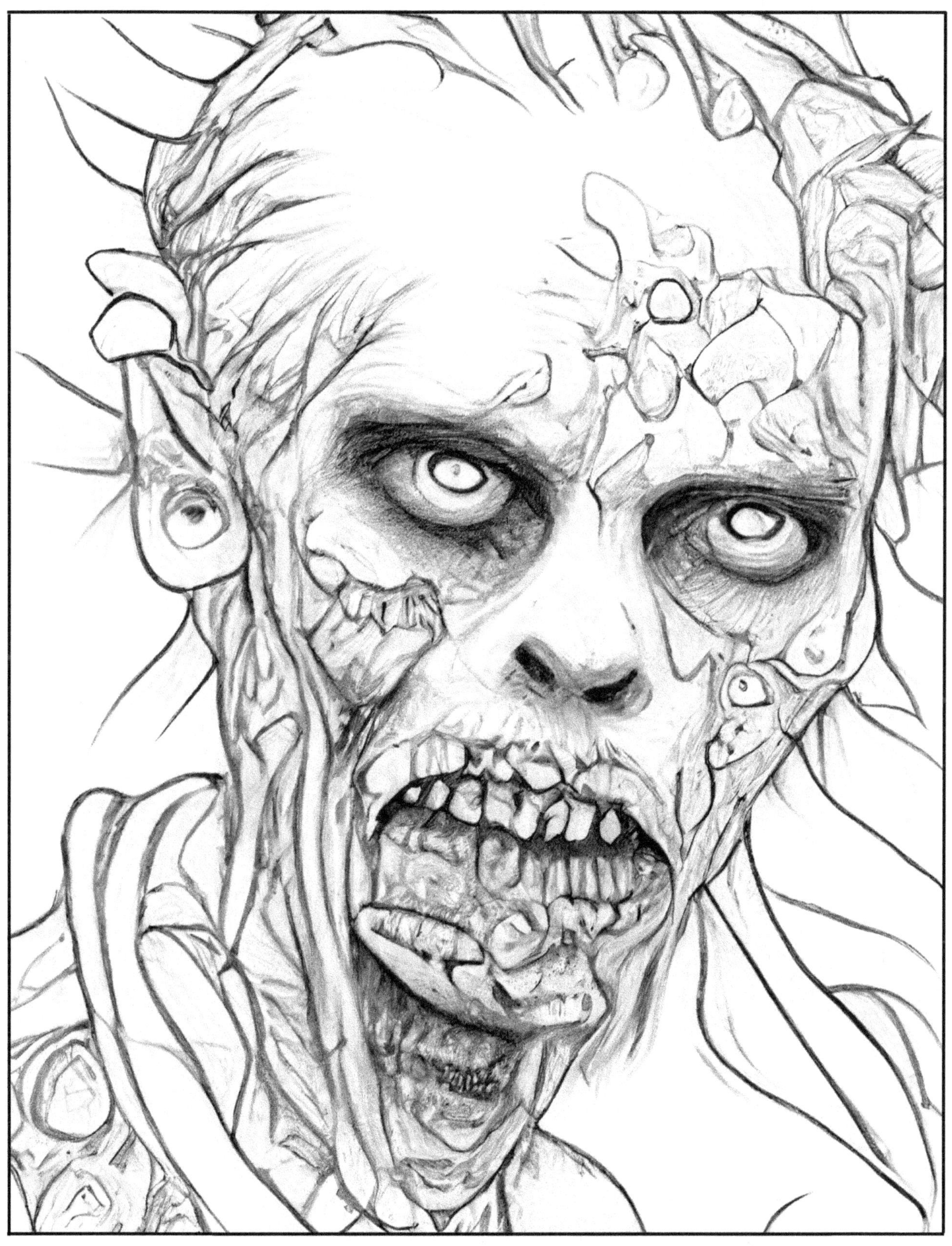

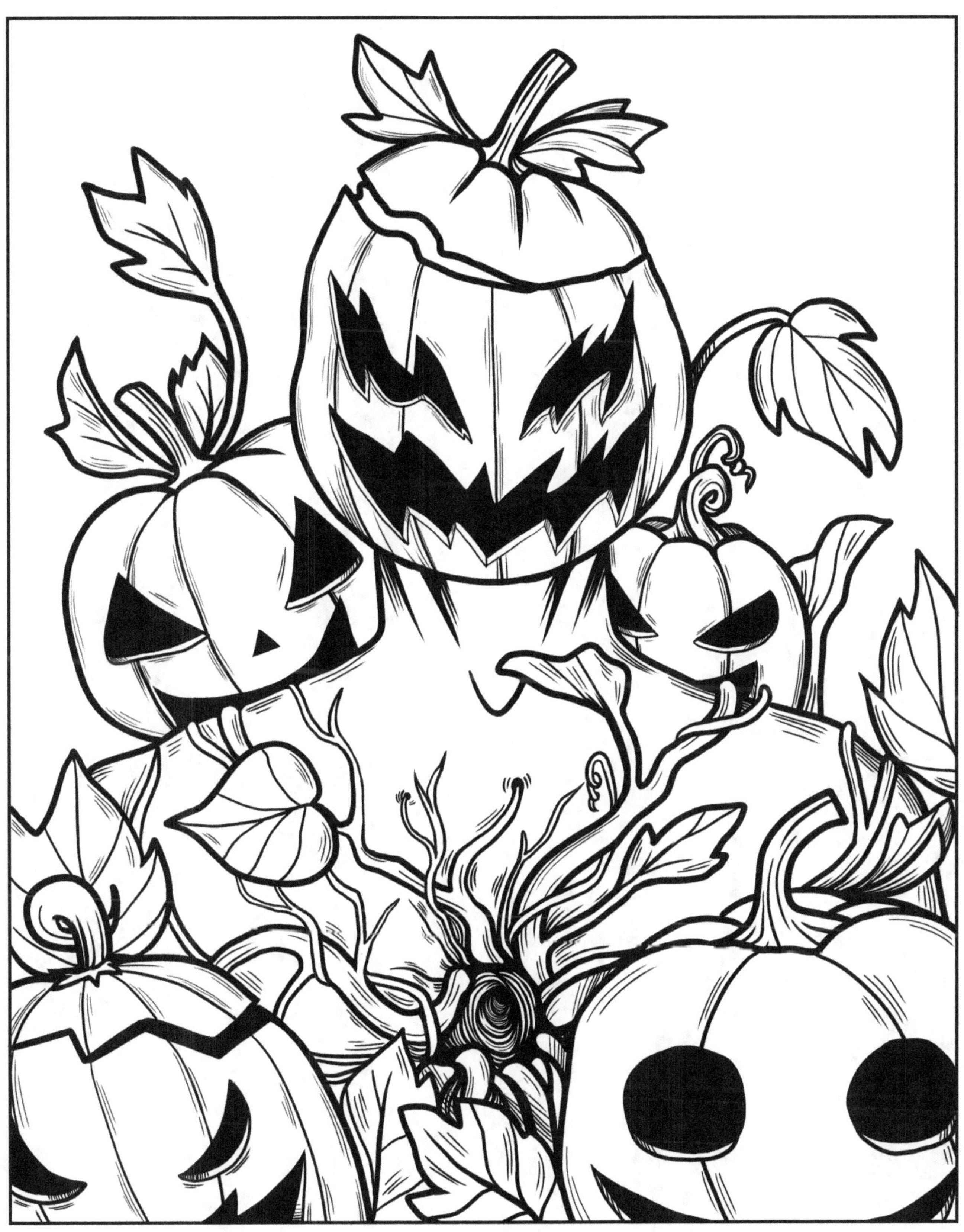

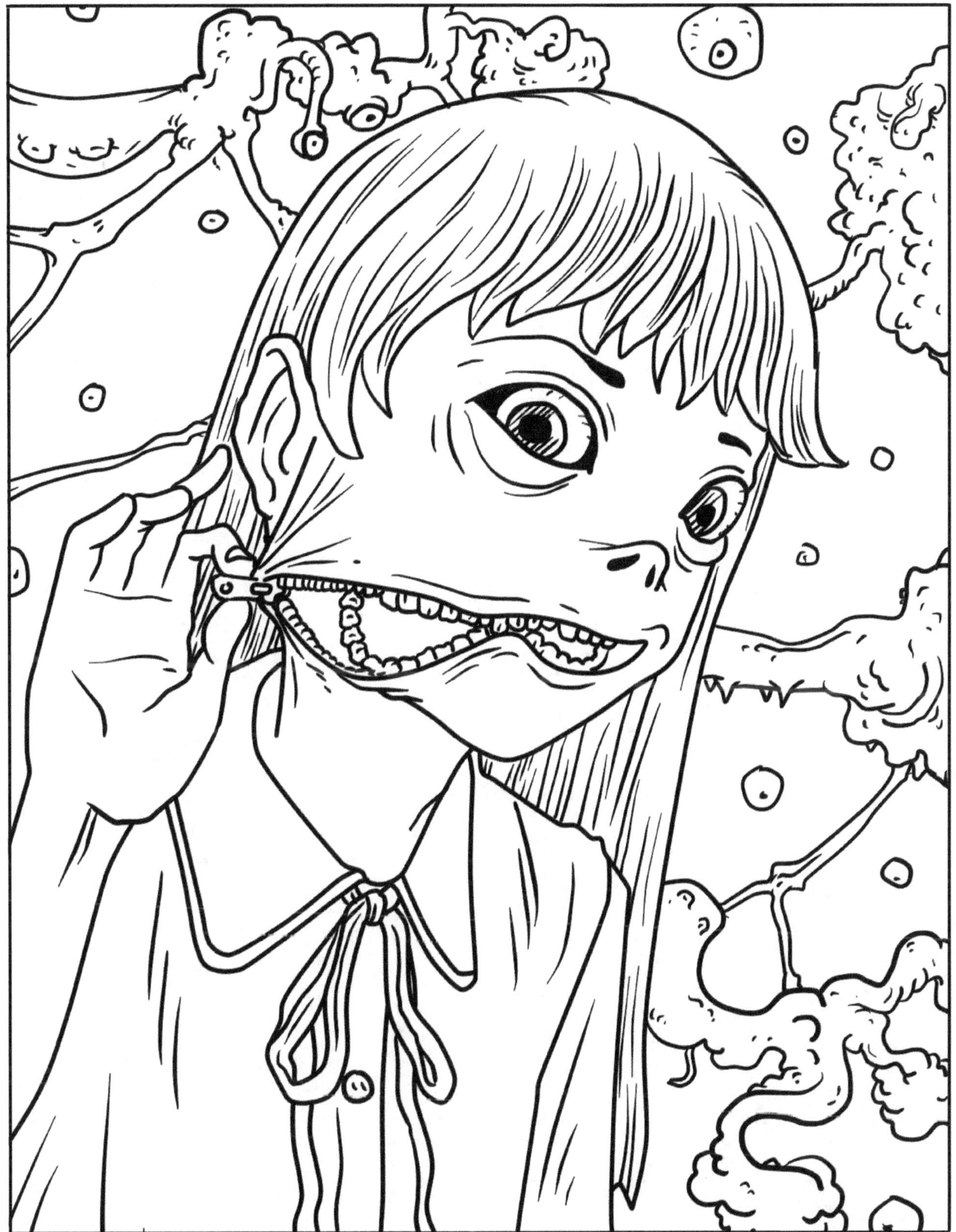

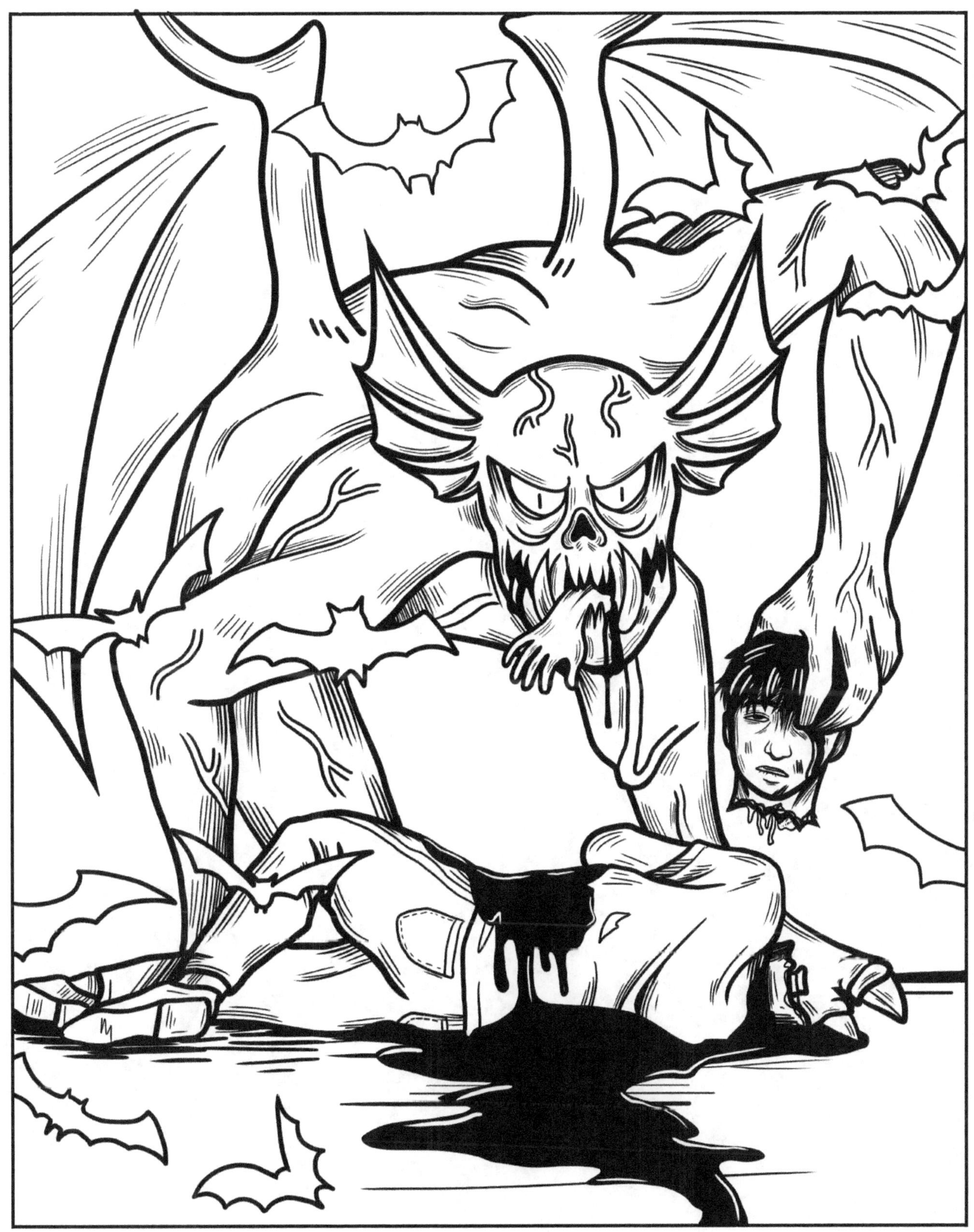

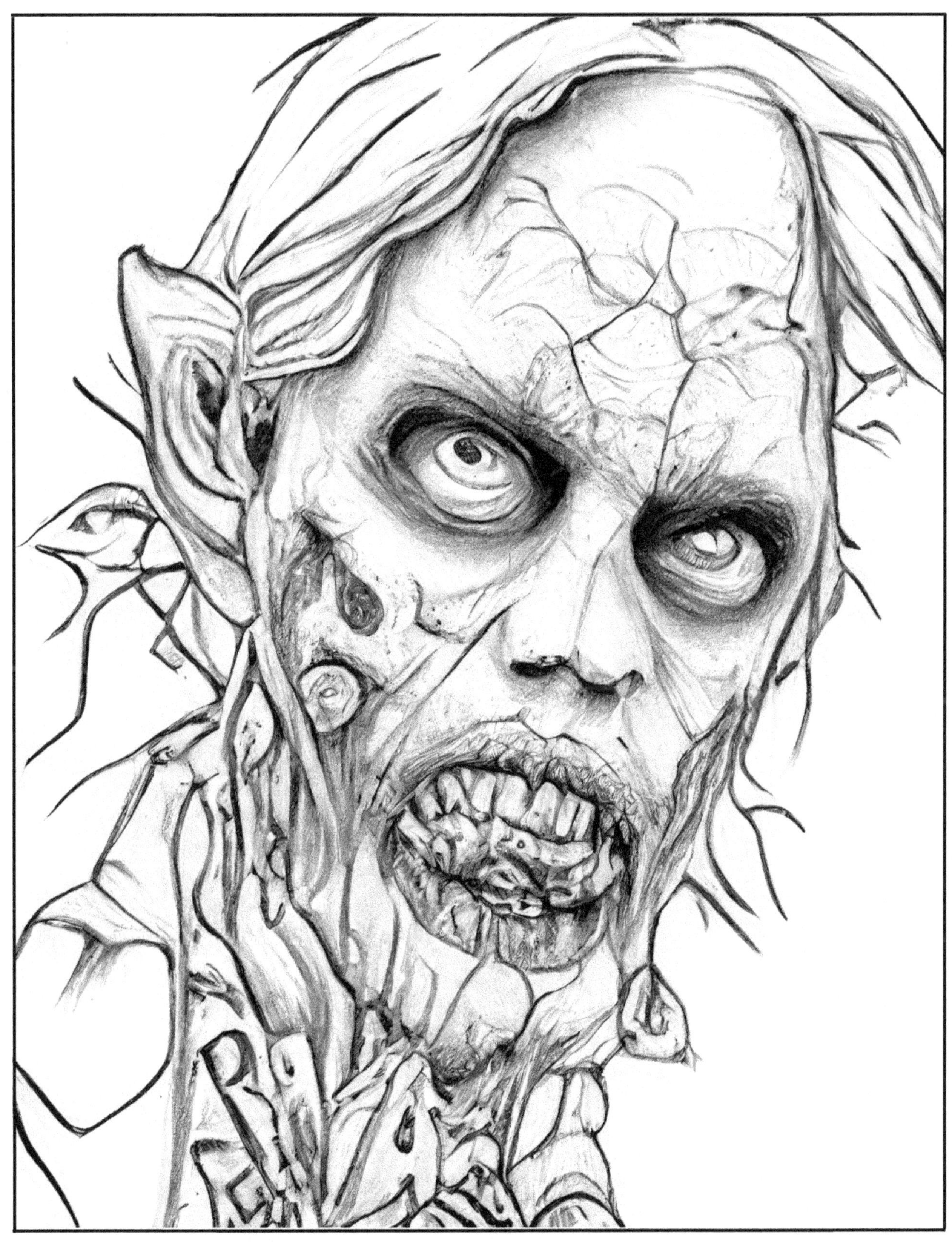

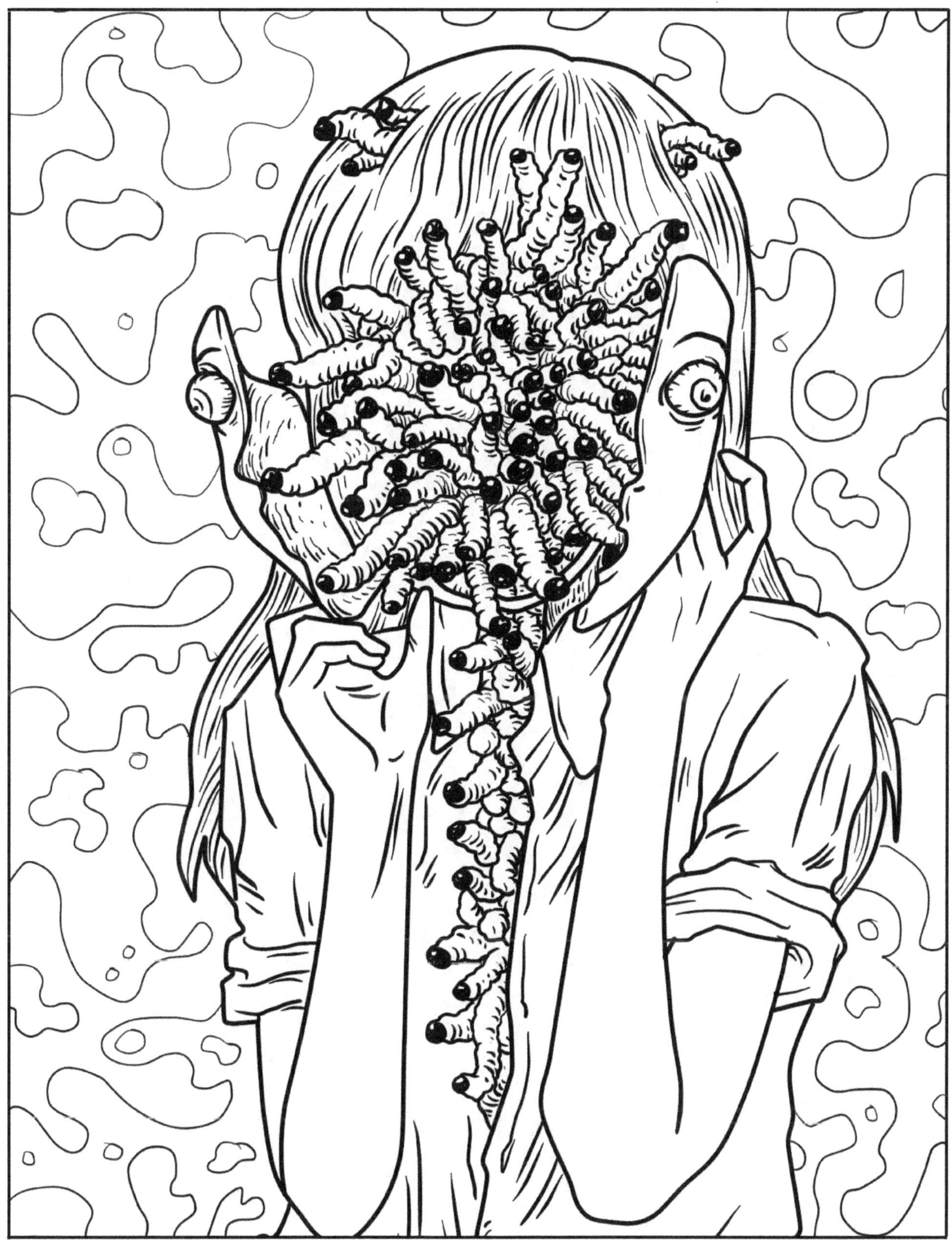

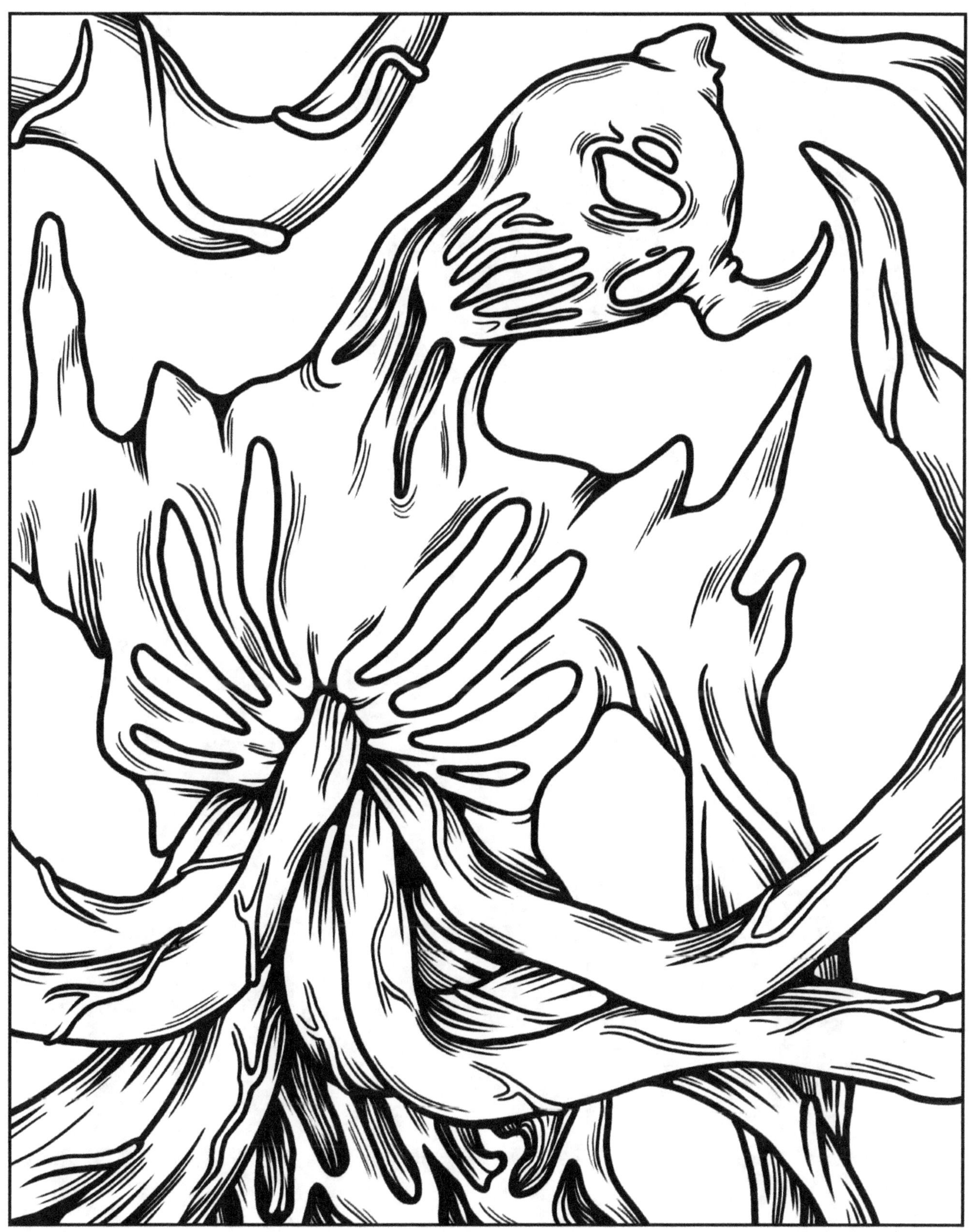

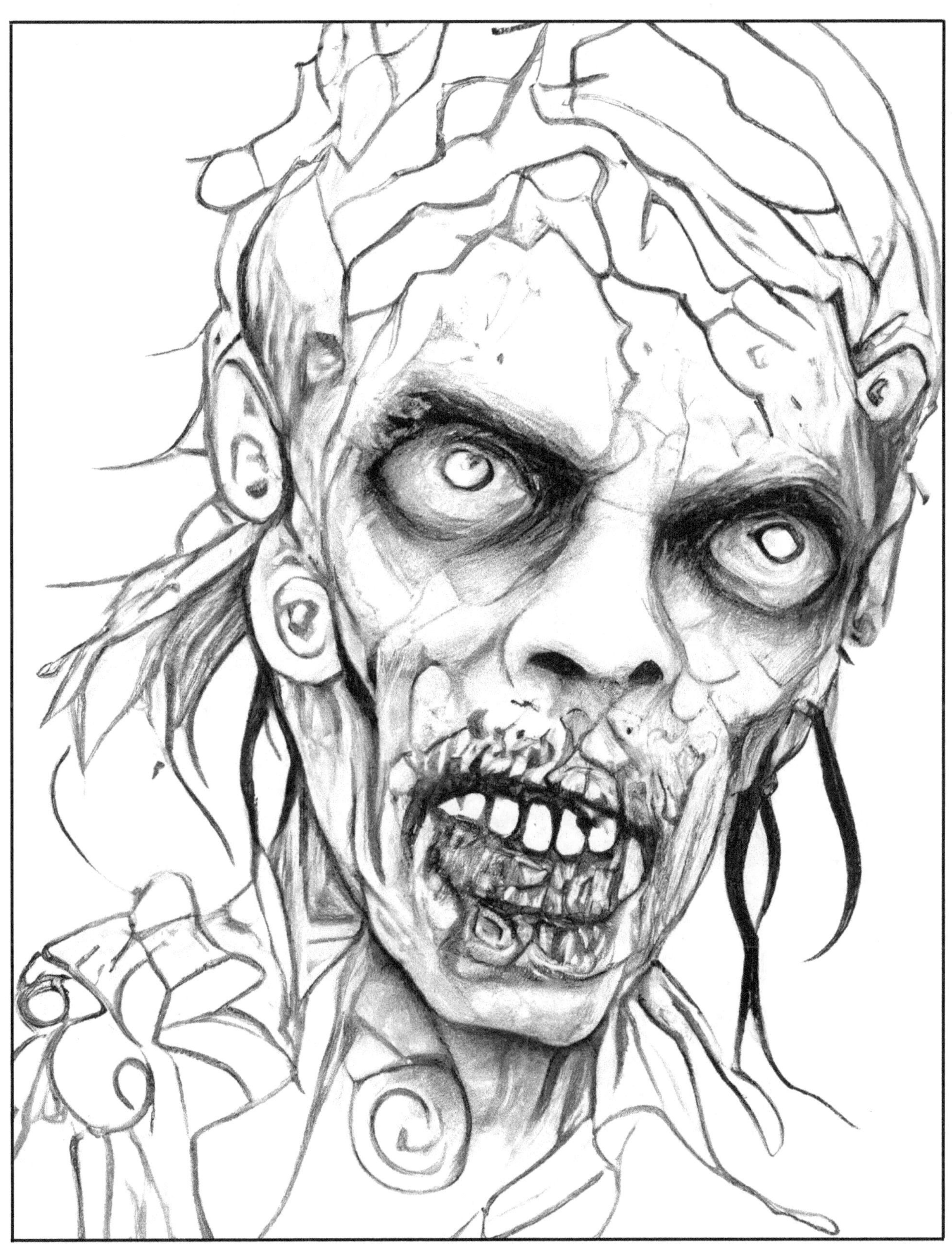

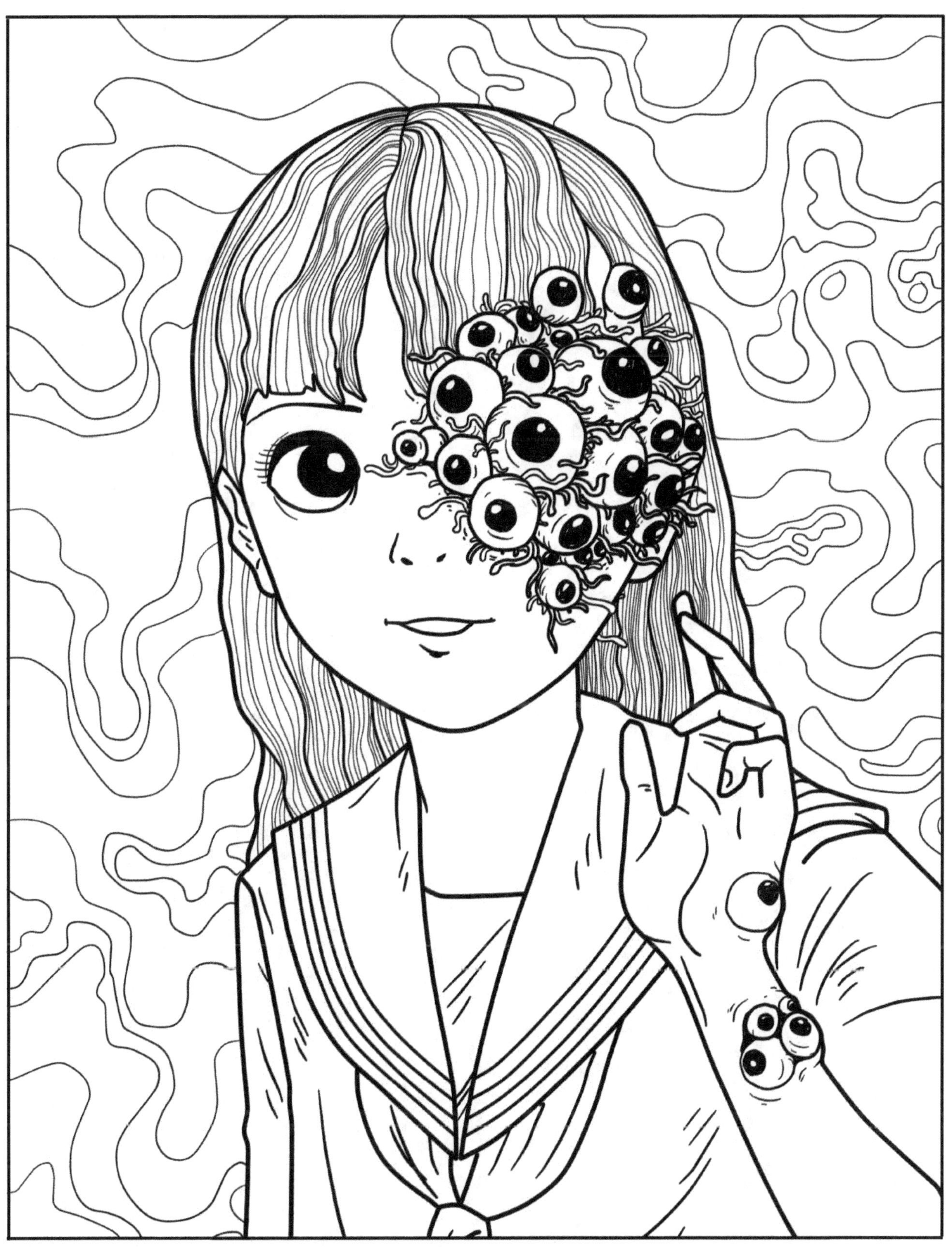

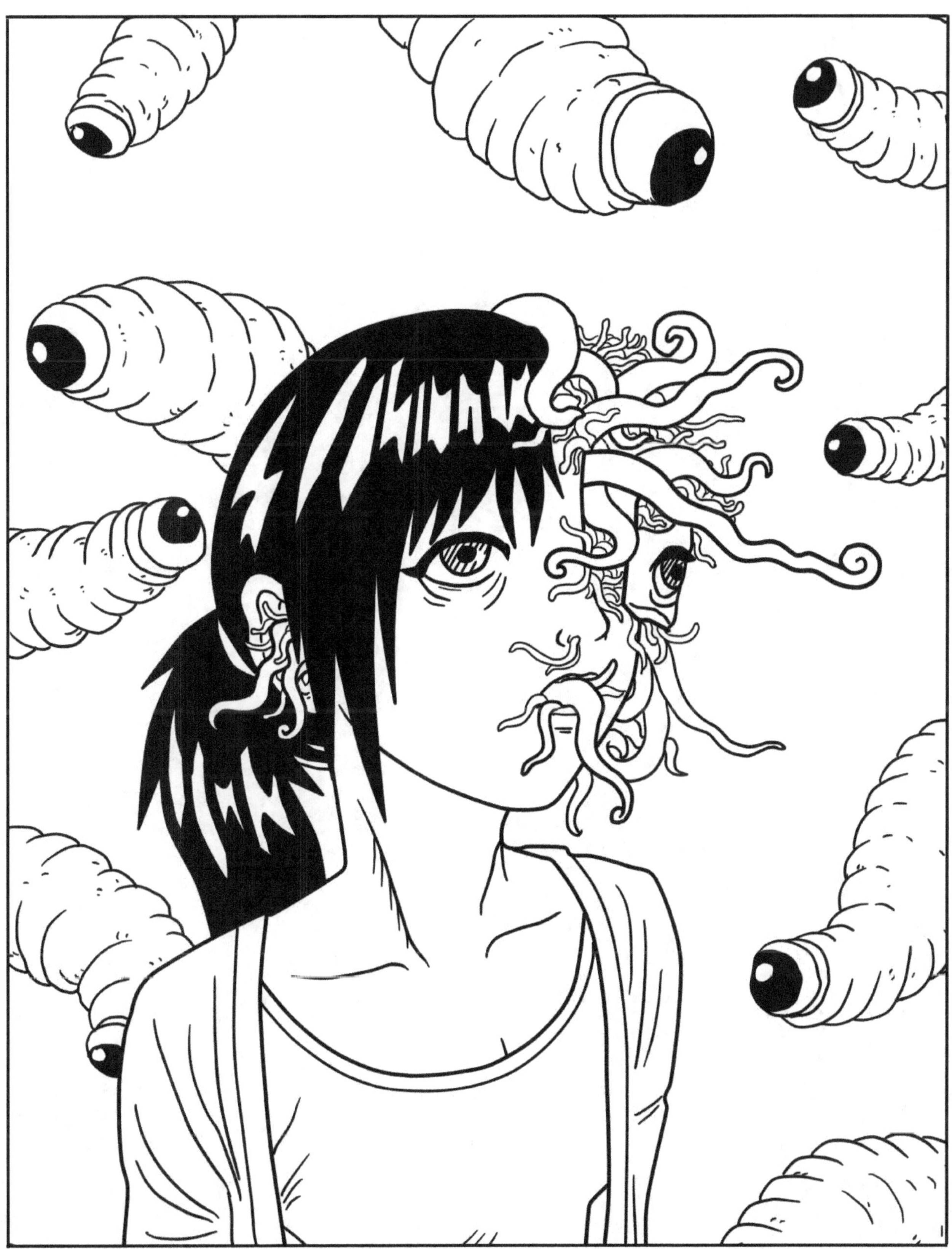

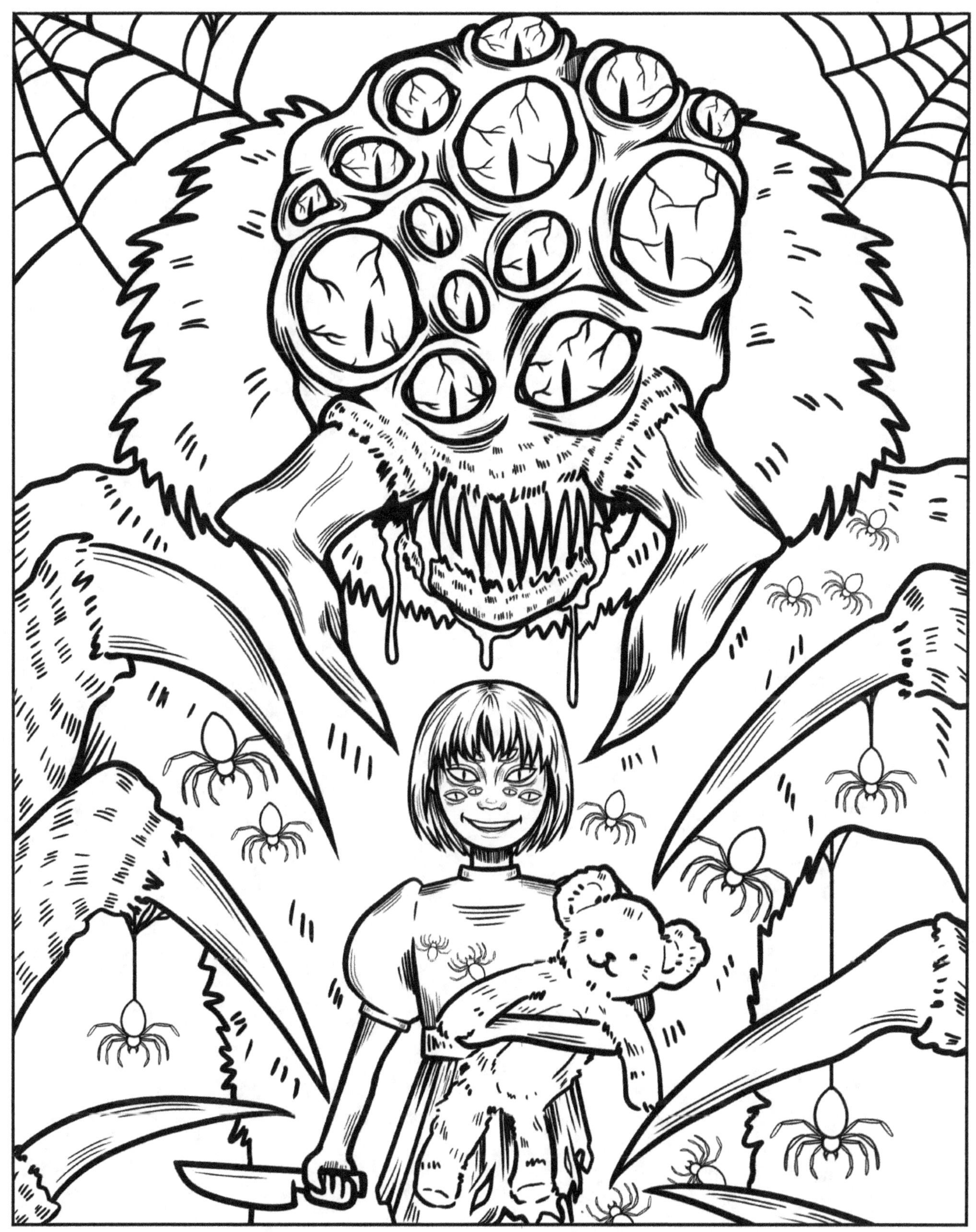

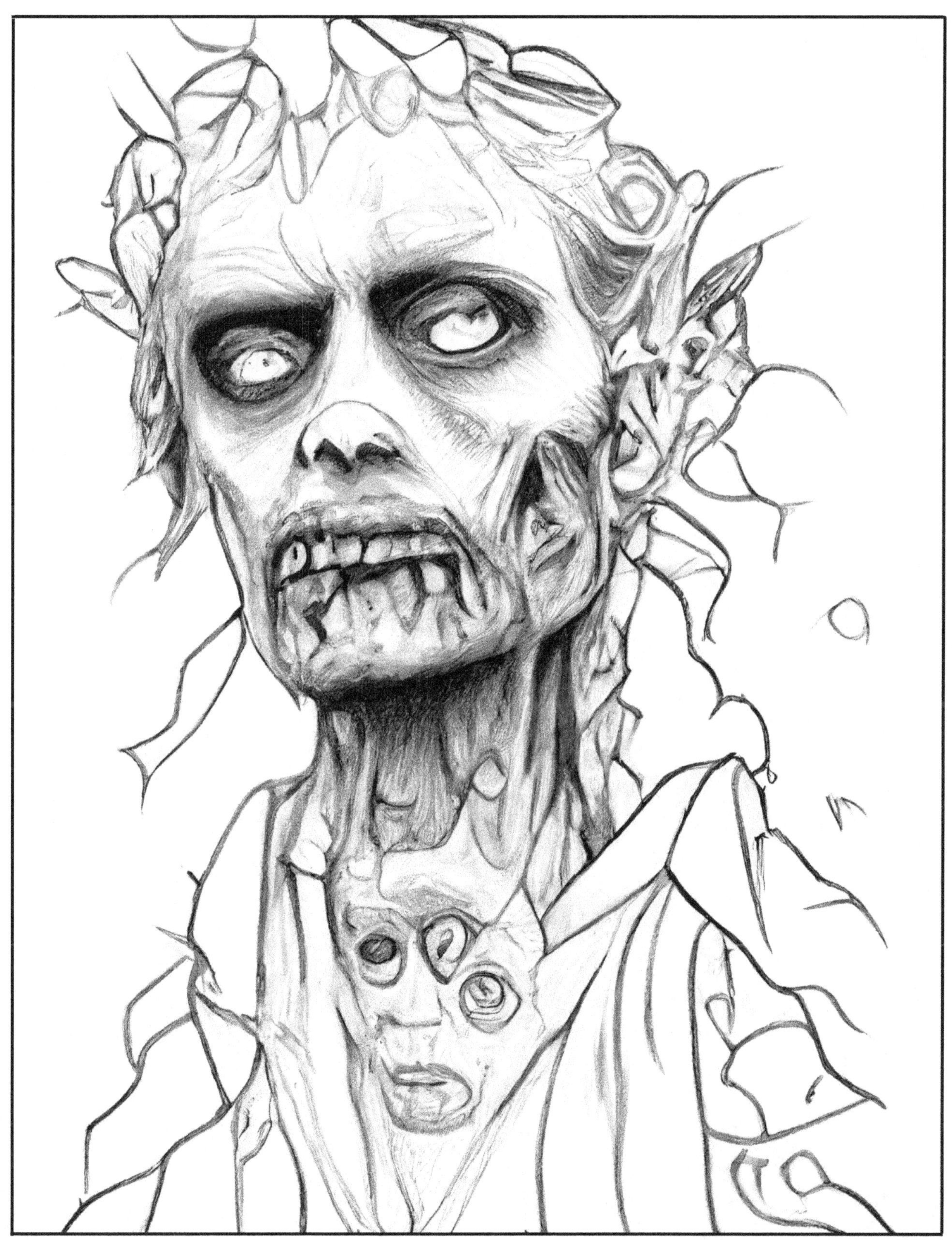

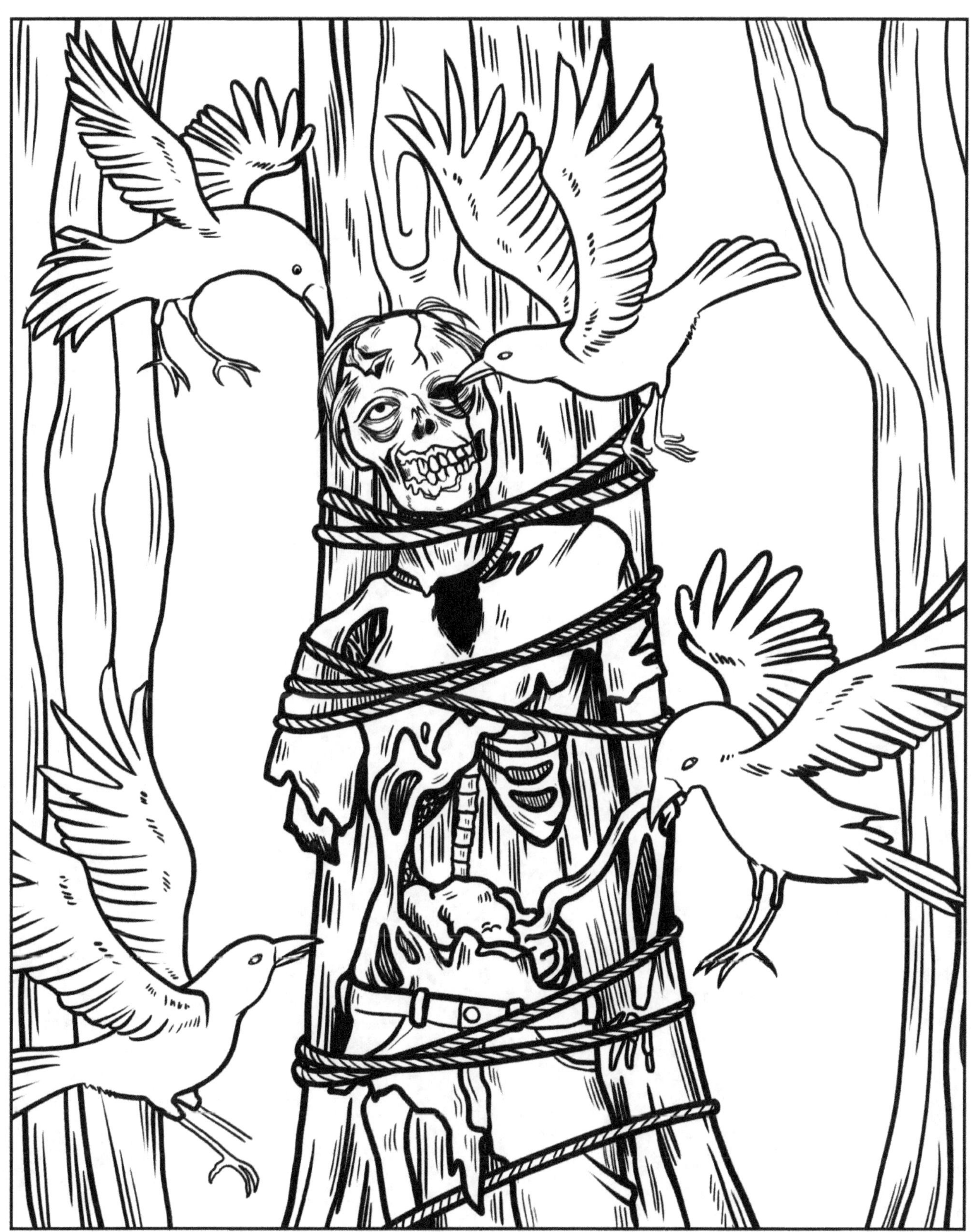

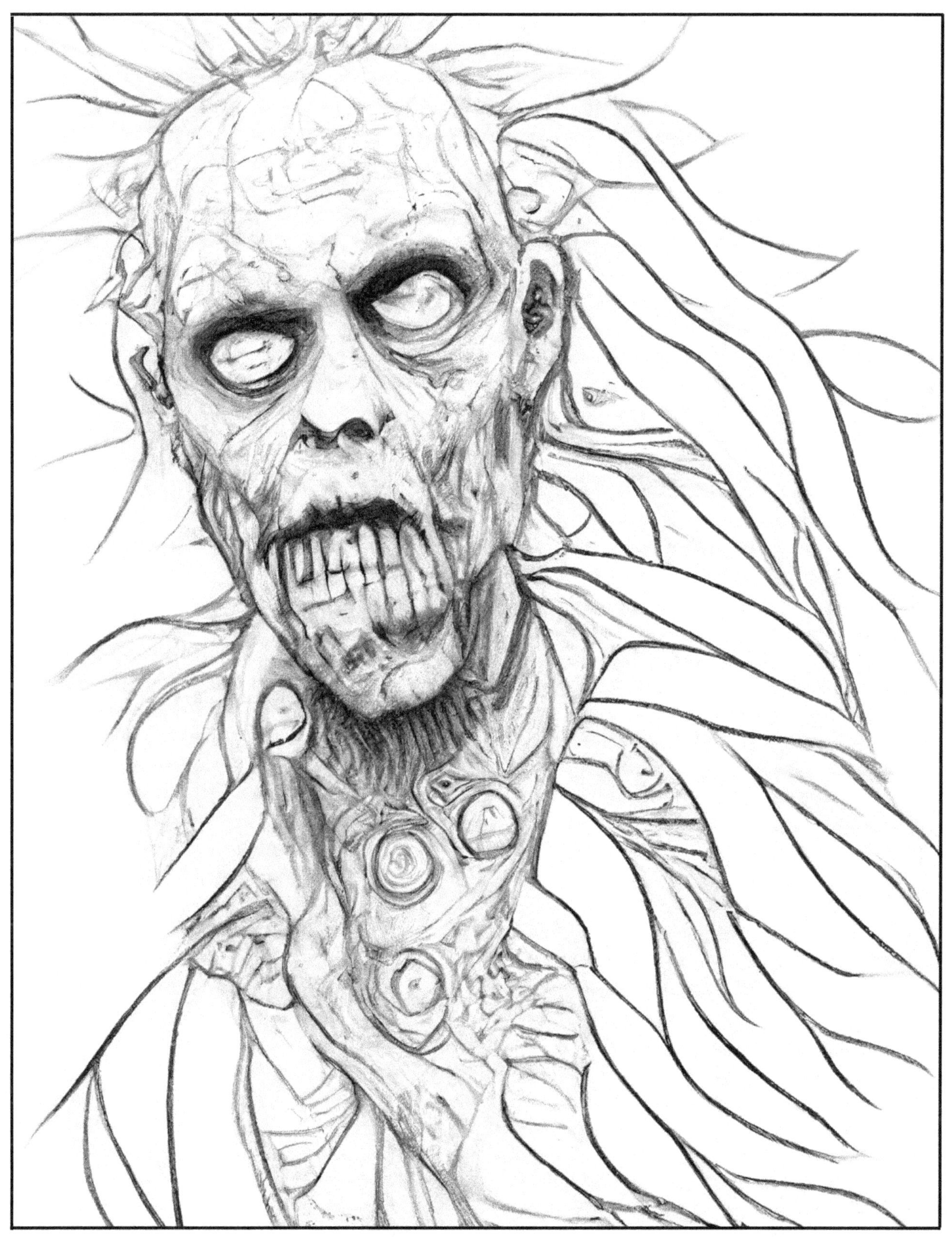

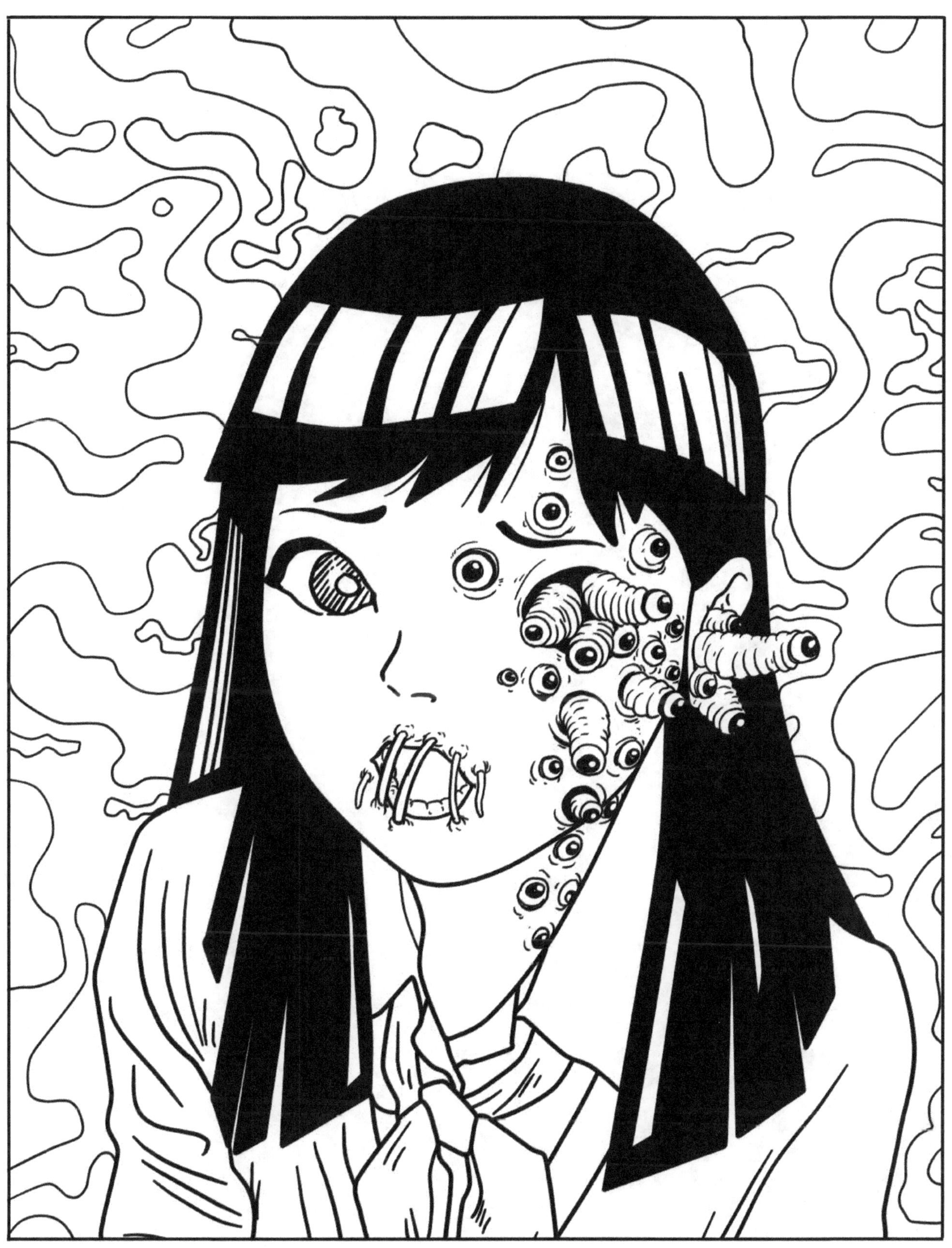

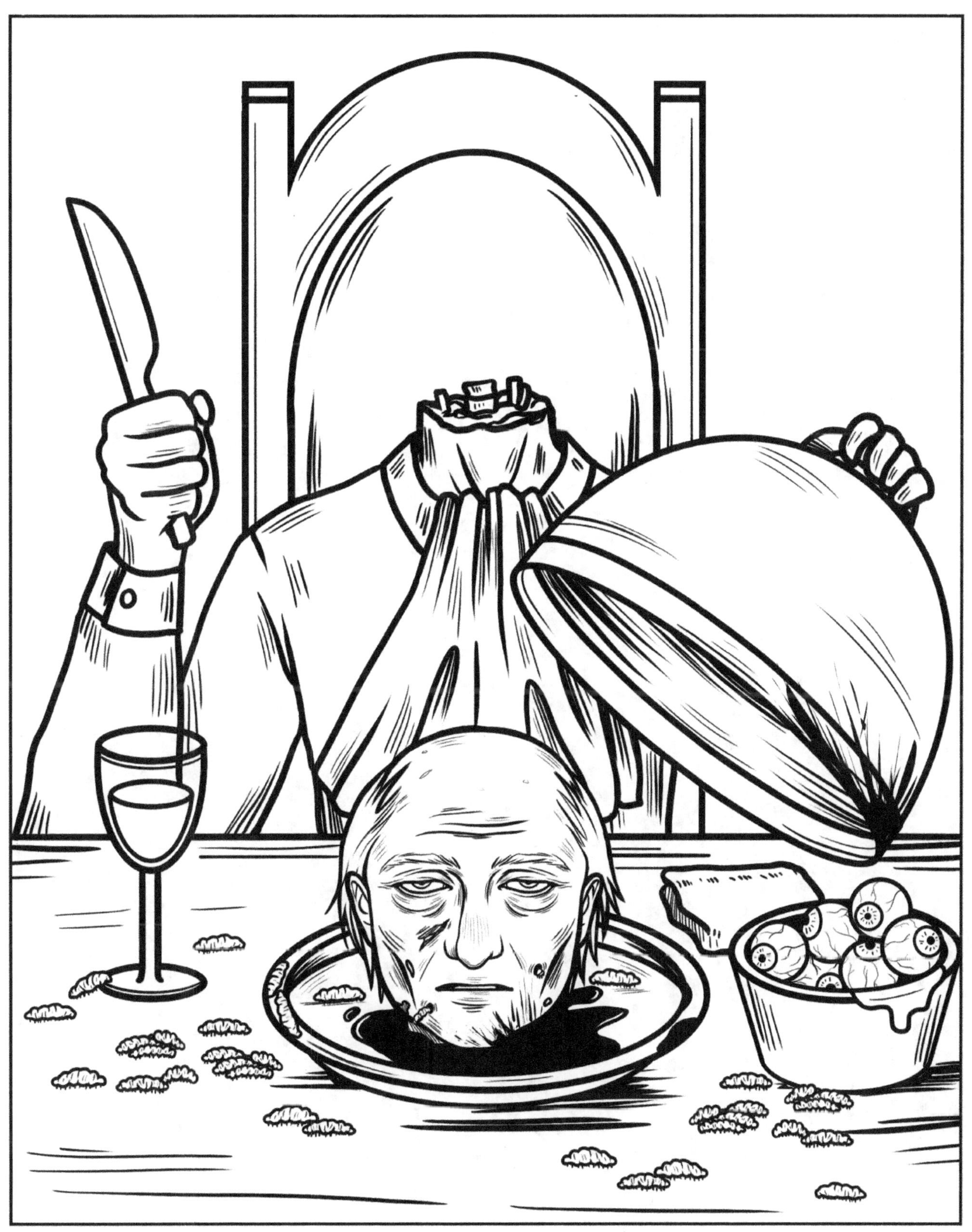

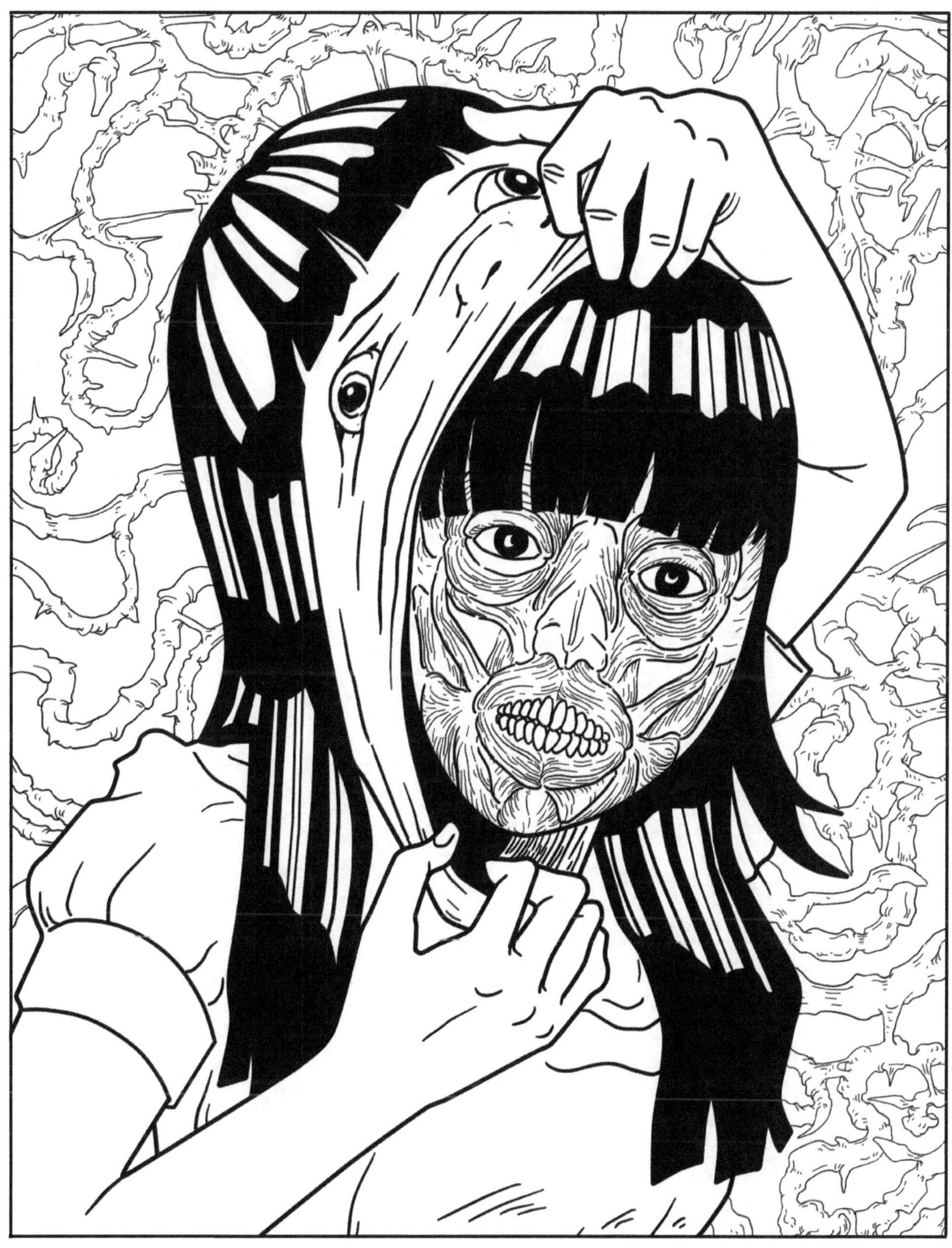

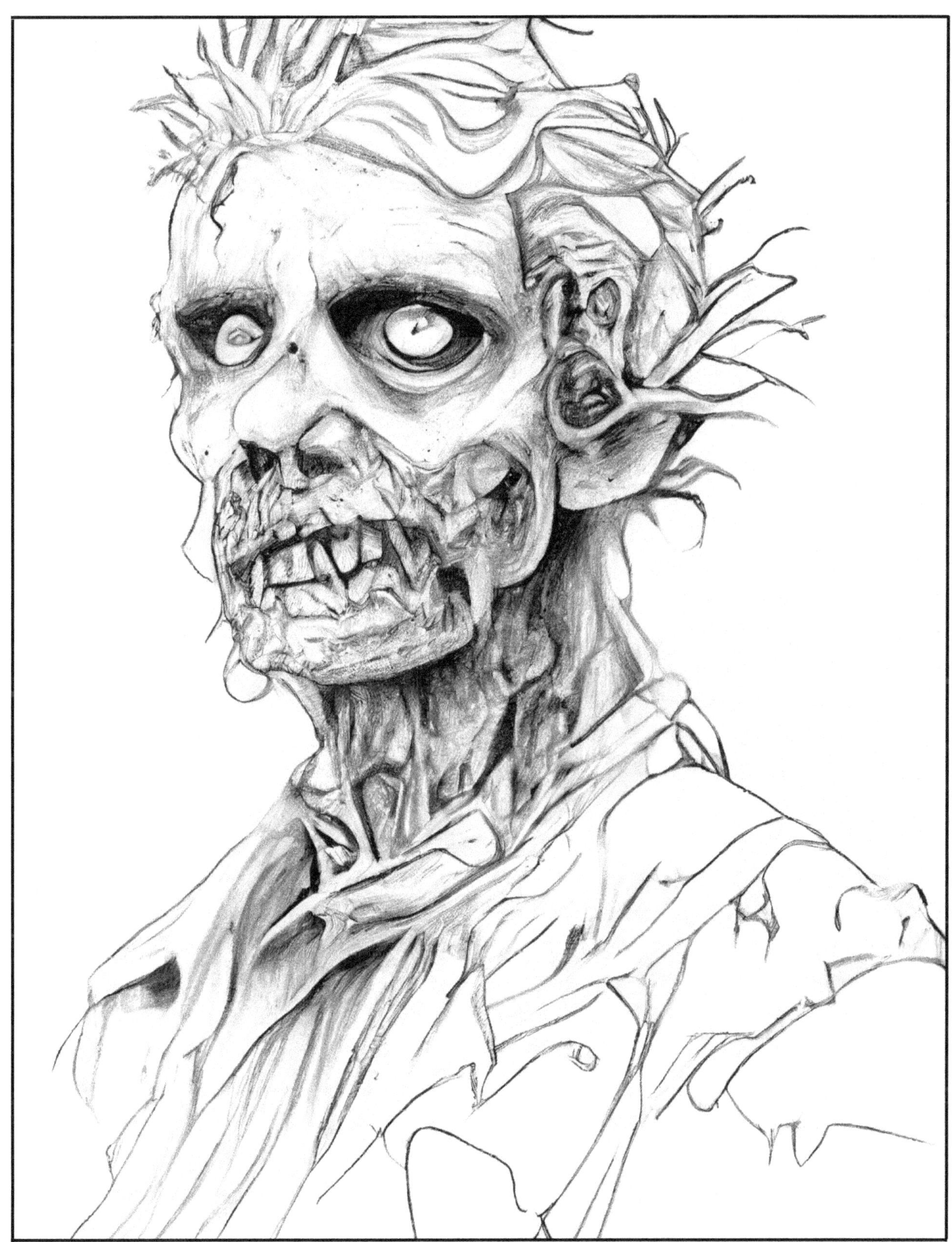

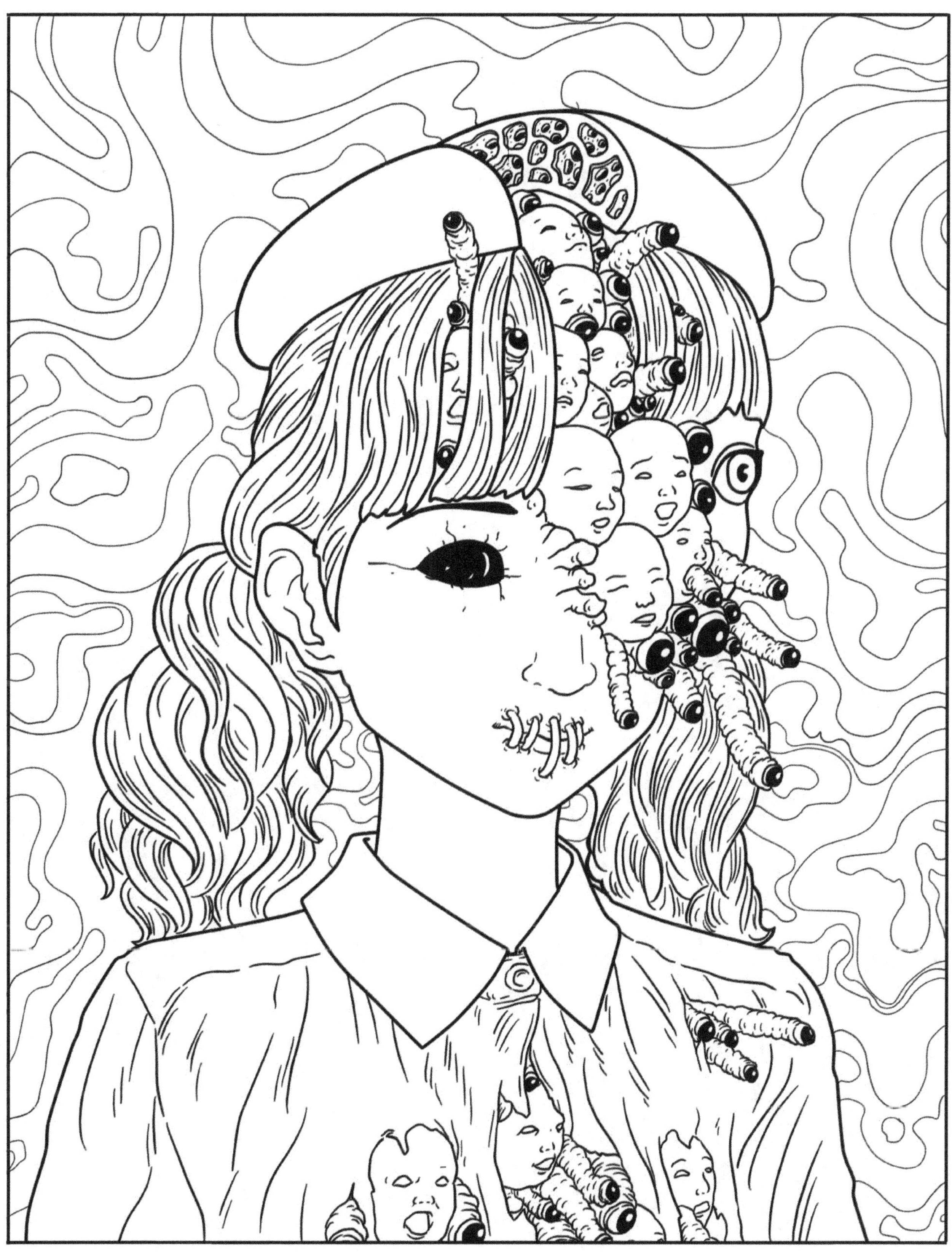

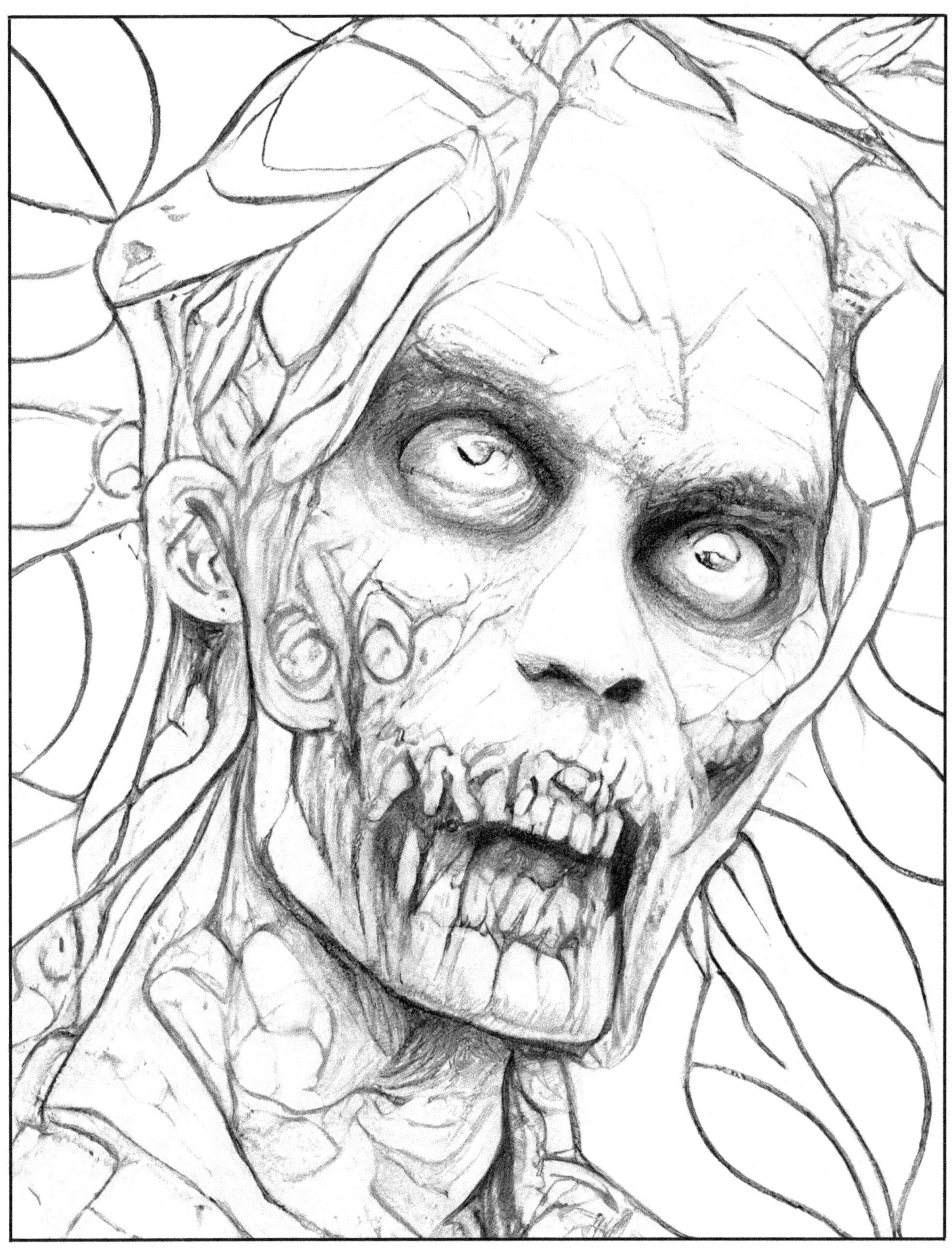

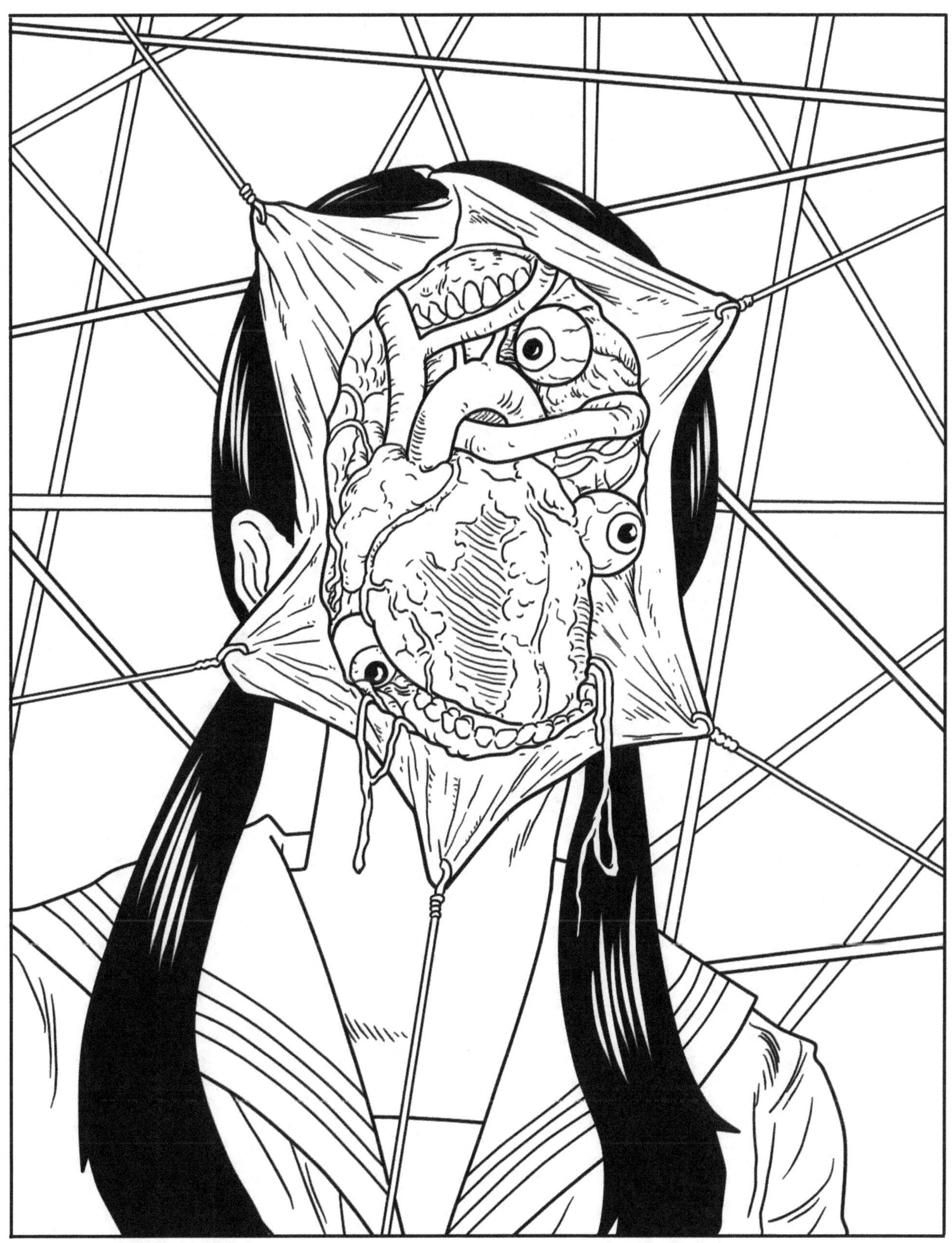

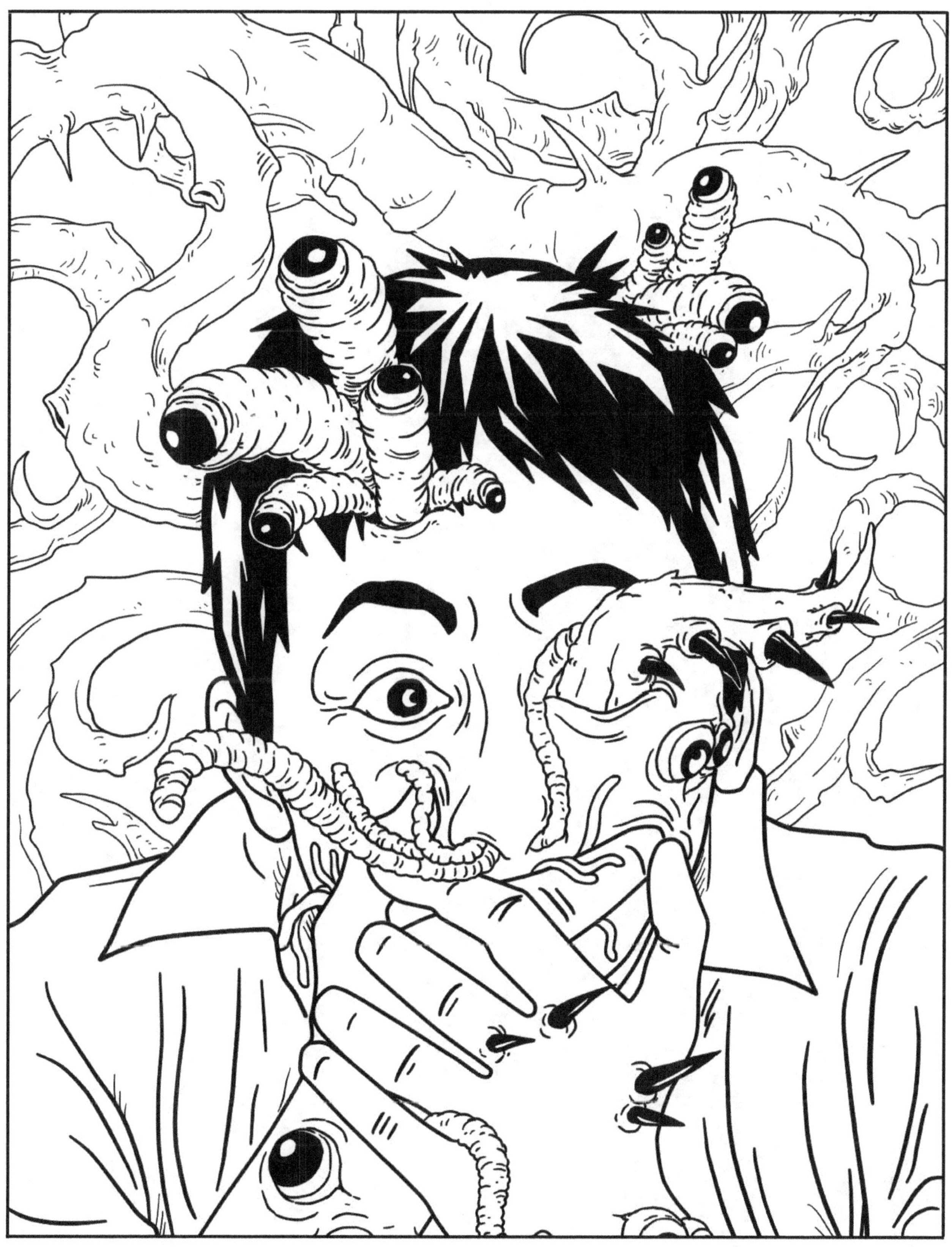

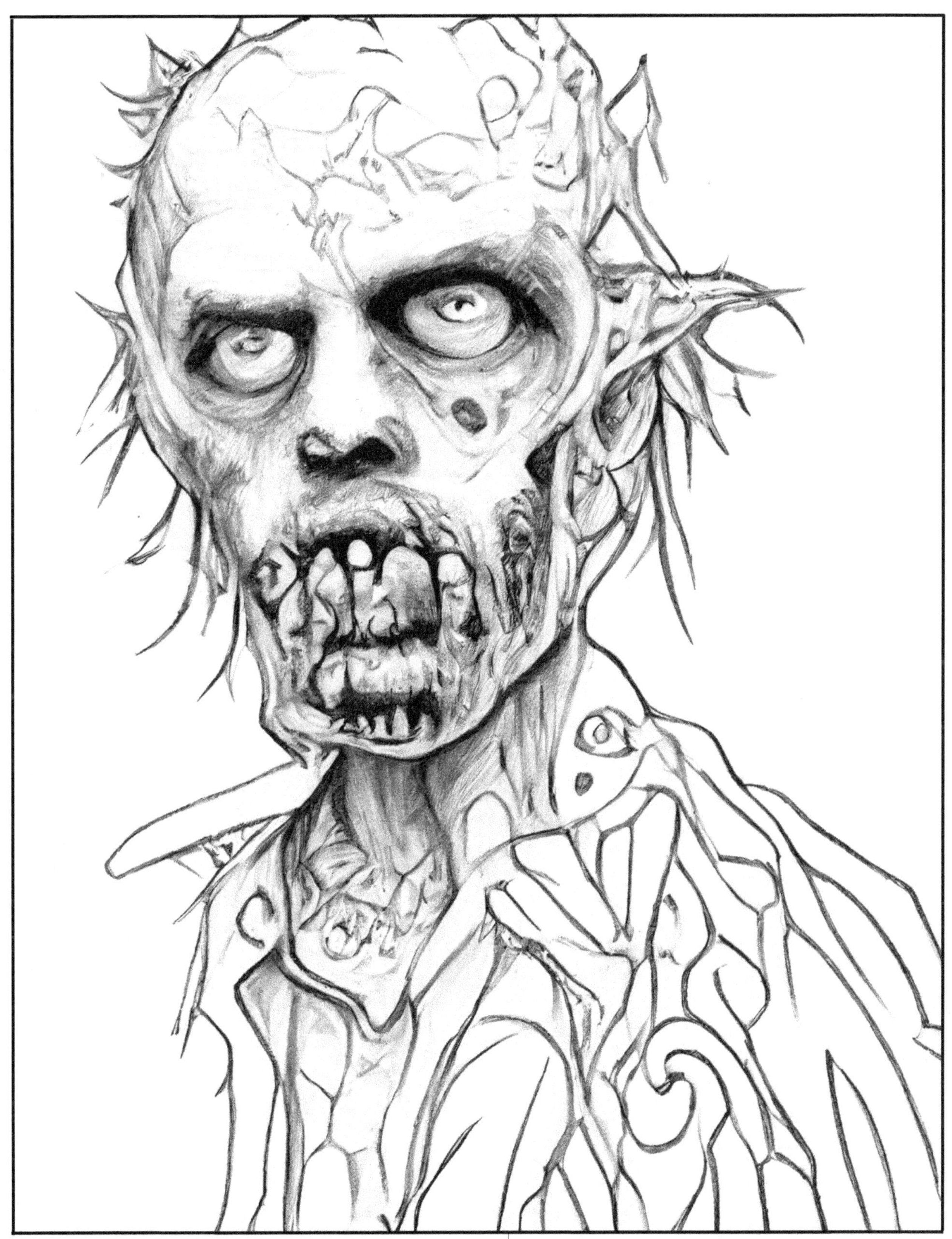

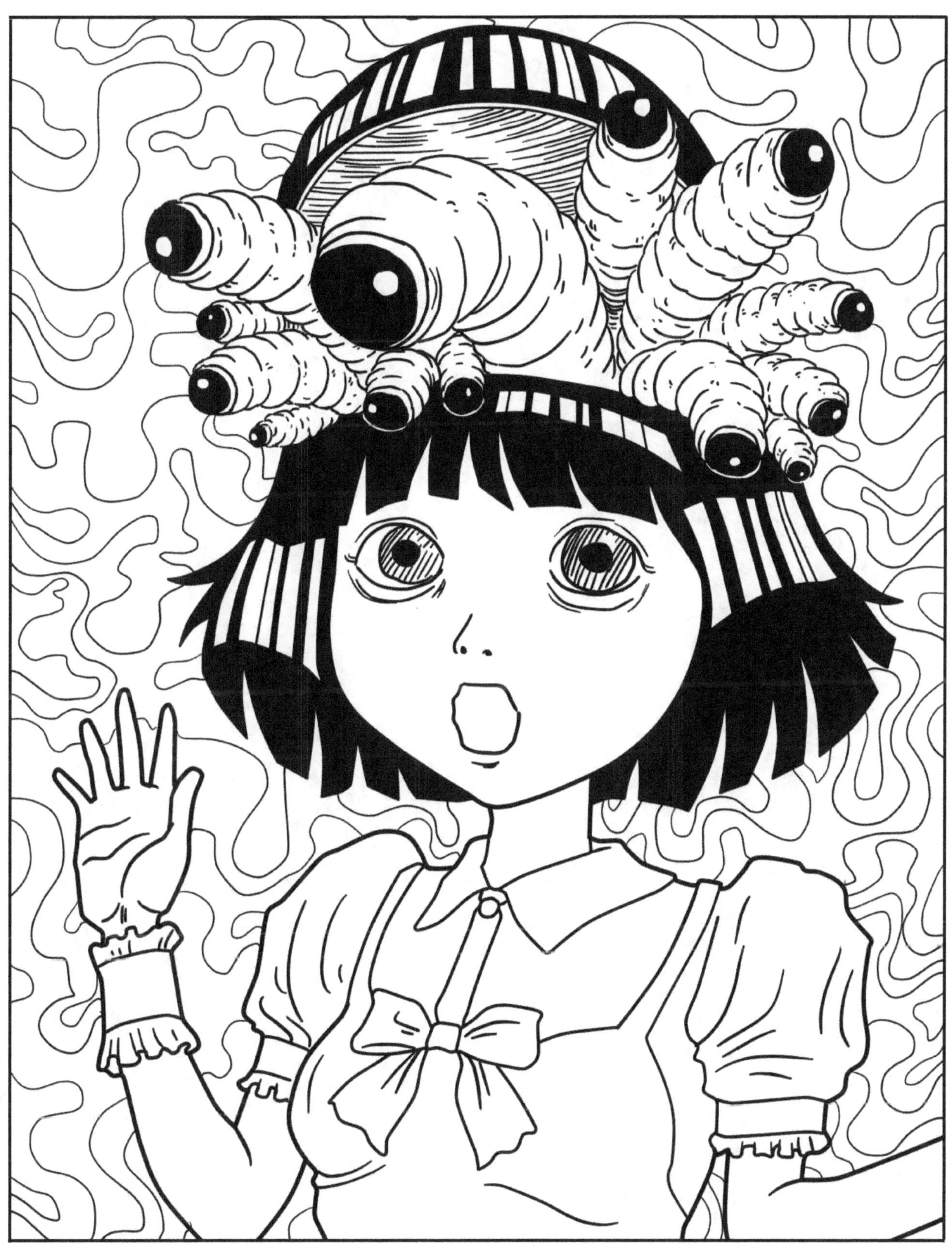

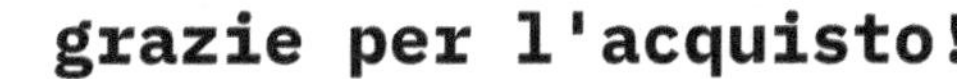 **grazie per l'acquisto!**

I tatuaggi possono aumentare il senso di fiducia e migliorare l'immagine di sé. Alcuni ritengono che i loro tatuaggi permettano loro di apparire più simili a chi si sente dentro.
Se avete trovato un tatuaggio che vi è piaciuto in questo libro, vi invitiamo a condividere la vostra opera d'arte con noi e con altri che potrebbero trarne beneficio.

Il vostro sostegno significa molto per noi!

lascia una recensione ♥

Copyrights 2022 - Tutti i diritti riservati